U0072506

天母東路的奇幻少女

作者◎溫小平　　繪圖◎恩佐

推薦序／許建崑（東海大學中文系副教授）

飄出山谷的雲啊

親愛的幻幻：

你的自述，勾起了我兒時記憶。我小時候住在大龍峒酒泉街附近，清冷幽深的孔廟，以及香客來往不絕的保安宮，都是我穿梭遊玩的地方。

我印象中的天母，在台北西北郊區，沿著山坡地，蓋了許多美麗的洋房別墅。很多外國人住在那兒，金黃色的頭髮捲捲的，臉上有大鬍子，手上長了很多毛，看起來很奇怪。但是他們的孩子，圓嘟嘟的臉蛋，白裡透紅的皮膚，好像是來自仙境的小天使！當然，那個地方還有許多漂亮的餐廳、商店，販賣著牛排、咖啡和昂貴的舶來品。

對我來說，天母是個遙遠的地方！

　　很羨慕你住在如詩如夢的天母。可我讀了大作之後，才知道天母跟以前大大不同。拓寬的馬路，兩旁高樓疊起，銀行、便利商店、百貨公司、按摩院、美容院，都擁擠在一塊兒。可能是時間在作怪，曾經是繁榮的商圈，怎麼會有沒落的感覺？百貨公司打烊後，附近商家霓虹燈熄了，誠品書店門口的鐵椅子冷颼颼，你怎麼還不回家？東山路黑漆漆，要記得爸爸的話，不要單獨騎車經過那裡。還有，經營了幾十年的育幼院，怎麼一夕之間變賣給建築商呢？那些院童要住到哪裡去呢？你爸爸幼年曾經住過的地方，一定有強烈的情感，怎麼捨得育幼院被拆呢？

　　你超愛想像，我不喜歡，但可以理解。芝玉路上的紅牆古厝，你會形容成乾隆時代的房子（但願你說對），看見清朝的格格，還撿到一把古扇。遇到了育幼院的胡哥哥，想像他是湖王子，把你從水塘裡救起來，多麼浪漫！幫爸爸去買下酒用的鵝頭，不想幫忙就說，怎麼會想像大

頭鵝求你帶牠回老家麥寮；連冰箱的魚也活過來湊熱鬧，開口跟你說話。「想像遊戲」，還包括想像死去的鸚鵡復活、毛媽媽家馬桶裡養著孔雀魚，或許可以稱為「少男少女身心震盪症候群」的癥兆。想像力豐富沒什麼不好，可千萬不要再說某餐廳是某國情報站，那會影響餐廳老闆的生計呀。

不過，透過你的「望眼鏡」，我們看到了天母居民的喜怒哀樂。賣鵝肉的何爺爺、賣豆花奶奶、賣臭豆腐奶奶、好賭的胡爸爸、蹺家的流浪漢、失去女兒的富家太太鍾媽媽、理髮師阿光伯伯、返自新幾內亞的老船長、賣蠟燭的大哥、賣皮包鞋子咖啡的姊姊，以及屋頂新娘小羊姊姊，每個人都有段辛酸往事，透過你的筆觸，人生裡的悲歡離合，一一展現眼前。

你課堂成績不好，可能是注意力不專注，但領悟力還好。只要經歷過的事情，都可以從中學習經驗，記取教訓。生活在外國人多的社區，懂得利用機會學習英文。遇

到外國來的籃球選手丹尼爾，敢於擔負國民外交的大任，介紹士林、淡水一帶的風景、美食，一點兒也不含糊。尤其是意外幫助小羊姊姊得到她紐西蘭男友的消息，讓她能夠趕赴基督城去照顧生病中的朋友，這可是功德一件。

你母親的出現，或許是老天爺因你的善良而賜給的福氣。媽媽提出了條件，要爸爸和你一同去南投日月潭開設餐廳、民宿，好發揮爸爸做菜的手藝。然而爸爸能答應嗎？如果爸爸不去，是否你要跟著媽媽去呢？在畢業前夕，同學們即將各分東西，老師曾經訓勉說：「要有移動的故鄉的觀念」，你是聽在心裡的。日月潭未嘗不是個好地方，尤其是夜深人靜，用來讀書、思考、寫作，或者在黎明時節大地甦醒的片刻，欣賞湖光山色，那是人生最安靜也最美麗的時候，千萬不要被日上三竿遲遲而來嘈雜無理的觀光客所影響。

你可以決定留在天母，或者跟著媽媽南去日月潭，都是不錯的選擇。瞧瞧你這本自述的作品，開頭兩章的標題

是〈藍天白雲上了樹〉、〈大頭鵝要回家〉，最後一篇寫下〈是留鳥還是候鳥？〉，我已經理解了你的心情。陶淵明說：「雲無心以出岫，鳥倦飛而知還。」雲不小心，飄出了山谷；鳥疲倦了，知道回家的路線。

以你的年紀，大有一片廣闊的天空，任你去翱翔。

最後，祝你

一切順利，心想事成！

一個新認識的朋友阿崑 敬上

自序／溫小平

奇幻，充滿天母每個角落

前幾天，特別去基隆中正路外婆家的老屋拍了幾張照片。因為，老屋即將拆除，重新改建。

老屋真的很老，許久沒有人居住，破敗、殘舊，支離破碎的門框、窗框在風中嘎嘎作響，半截牆壁也搖搖欲墜，愛我疼我的外公外婆都不在了，孩提時的玩伴，好多也消失無蹤影，往後，只能在腦海裡尋覓記憶中的片段了。

我陸續搬過幾次家，每個地方都在我的夢境中反覆出現，只是愈來愈淡，愈來愈模糊，我好害怕，有一天他們全都不見了。

你是否也會有這樣的擔心？

我在天母住了很久，大樂、小慧都在這裡成長，每條小巷、每棟屋宇、每株老樹、每座公園、每張行人椅，甚至每家店鋪，都是那麼熟悉，可惜的是，在歲月的更迭中，有的只存在少數人的記憶裡。

例如豆花奶奶的豆花、湖王子攀牆的身影、中山北路六、七段口的老榕樹，還有聖道育幼院裡的教堂，曾經溫暖過我們，在我們回家的路途中，跟他們擦身而過。

天母很特別、很另類，走遍全台，只有這兒充滿異國情調。

日僑學校、美國學校、大使館……帶來許多外國人。各式異國餐廳、跳蚤市集，更在假日吸引無數不同膚色的人潮。

走在欒樹開花的忠誠路上，恍惚，到了歐洲。

於是，我寫過一本《天母不了情》，紀錄天母的過去和現在。

老雜貨商店、傳統市場、二樓花園洋房、番仔井圳、天母古道、明清時代就有人居住的老街、通往陽明山的每條山路……都充滿天母的過去。

現在的天母，有百貨公司、電影院，有豪宅，有小學、國中，還有許多商店、東西方餐廳，穿著時髦的潮男潮女穿梭大街小巷，為棒球比賽喊加油的聲音不絕於耳……，幾乎讓人忘了過去的天母，以及藏在天母各個角落的奇幻故事。

當天母東路的地標——育幼院遷離，土地賣給財團，誰也不知道未來會變成什麼樣……每次我經過路口，想像著過去的樣貌，彷彿風吹進我的眼裡，酸酸澀澀的，想哭，卻忍住了。

有一天，這裡會蓋豪宅，我好怕隨著豪宅的強烈印象，大家忘了天母的過去。

所以，我藉著天母的許多場景、店家、人物，加上自己的想像，醞釀出一頁頁的精采。

梁雅各與梁幻幻父女的故事於是這樣展開。梁爸爸是個孤兒，他在育幼院長大，他希望守著育幼院，不願離去。偏偏，他的妻子離開他，只剩下他和女兒幻幻相依為命。幻幻雖然孤單，卻在天母東路的人事物中體會到溫暖，加上她滿腦袋的奇思怪想，更讓天母東路添了許多奇幻色彩……

　　天母東路的奇幻少女，是梁幻幻，也可能是住在天母的其他少女，更可能是住在我心裡那個愛幻想的小女孩。

　　當你讀完這本書，有一天你到天母來，你會知道，哪一棵樹是幻幻的樹，哪一處田埂差點成了大頭鵝的家，哪一條路通往神祕的別墅區，還有哪一家小吃店或理髮店的老闆很有愛心……如果你願意，我樂於領路，帶你們一起探索。

目錄

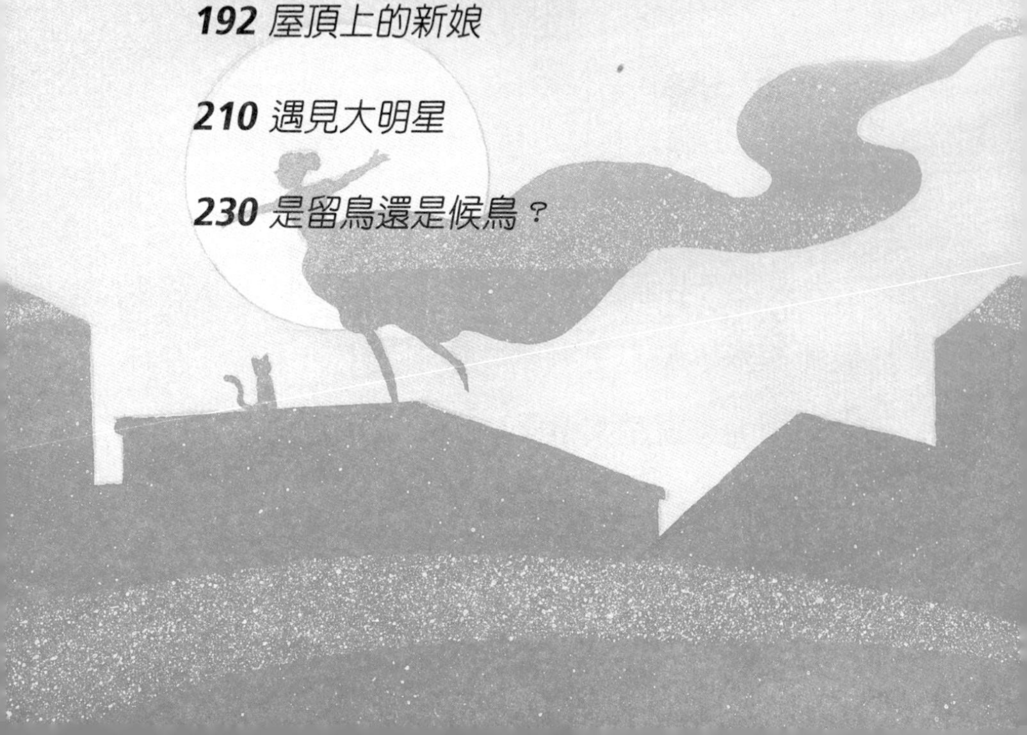

藍天白雲上了樹

　　很小很小的時候，媽媽說我是一個怪小孩，長相奇怪、腦袋奇怪，而且連睡覺的姿勢、說話的表情都很奇怪。她不只一次跟爸爸說：「幻幻是不是外星人？」

　　「那你乾脆說我是外星人好了。」爸爸總是這樣回答。

　　教過我的老師也說我像神祕的奇幻小說，看起來散散的、漫不經心，考試成績卻還不錯，偶爾發神經考第一名（這是某個老師說的），也會落到最後一名。老師在家庭訪問時曾經跟媽媽說：「我都糊塗

了，不曉得第一名是正常的幻幻，還是最後一名是正常的幻幻。」

當然，看著我長大的鄰居阿姨和叔叔也都很贊成媽媽的說法，「你們家幻幻的確奇怪，竟然說公園裡的橡膠樹半夜會跳舞。天哪！這多可怕啊！難怪那麼多人搬離天母東路，空屋變得一大堆。」

明明是天母商圈沒落了，竟然把罪過推到我身上，大人就是這樣，自己負不了責任，只會怪小孩子。

只有爸爸例外，他很尊重我，也最了解我，他會大聲的對所有人說：「我家幻幻一點也不奇怪，她只是像我一樣，喜歡幻想罷了。」

大概就是這個原因，爸爸幫我取了「幻幻」這個名字。

為了這件事，聽說媽媽生下我不久，在醫院裡就

跟爸爸吵起來，說這個名字很詭異，好像鬼片的女主角。但爸爸說他是戶長，堅持要叫我「梁幻幻」，如果有誰反對，就跟他先打一架。

我不知道是媽媽打不過他，還是媽媽悄悄把這筆帳記在心裡，計畫另外找時間報復爸爸——不管是什麼原因，她選擇了我小學四年級的時候，離家出走，讓爸爸永遠找不到她。

媽媽的出走出於自願，這是我是親眼目睹的，不像鄰居趙媽媽八卦的到處造謠，說媽媽是被爸爸打走的。

照理說，我當時應該攔住媽媽，苦苦哀求她，這樣或許會吵醒爸爸，讓他們吵上一架，媽媽只好留下來。可是我知道這是沒有用的，因為過不了多久，媽媽還是會找機會溜走的。

爸爸說媽媽是嫌貧愛富，嫌他開計程車賺不了什

麼錢，不想繼續跟他過苦日子，所以才離開，既然這樣，他就算當場發現媽媽蹺家，也不會挽留她。但是為什麼夜深人靜時，我常常被爸爸的哭聲吵醒，有時他說夢話，都會叫媽媽的名字。

媽媽的理由則是，她是恨鐵不成鋼，只有她離家，才能刺激爸爸振作起來。隔壁的毛愛國卻跟我說：「這是大人離婚最喜歡找的藉口，我爸爸當初也怪我媽媽像個黃臉婆，所以拋棄我們。我看啊！你媽媽不會回來了。」

我不相信最喜歡說《小木偶奇遇記》故事給我聽的媽媽會說謊。我到現在還清楚記得那天晚上發生的事情……

天氣很熱，牆壁好像著了火，堅持不裝冷氣的爸爸照例露出肥嘟嘟的肚皮，癱在床上睡覺，還大聲打呼，簡直可媲美樓下機車發動的聲音。媽媽看到爸爸

這副德性，總是說：「我怎麼嫁給一個豬八戒！」
我也覺得有點像，只是不敢說出口，怕因此變成豬小
妹。

　　我因為睡前喝了太多水，半夜起床尿尿，迷迷糊
糊躺回沙發（剛才忘了補充，我家只有一個房間、一

個客廳，所以我從小就睡在客廳沙發上），剛閉上眼睛，就聽到喀啦的聲音。

我還以為是小偷來了。心想：奇怪，我家這麼窮，還有小偷看得上？原來，是媽媽輕手輕腳走出臥室，想要穿過客廳到大門旁。我直覺大事不妙，立刻翻身坐起，把媽媽嚇了一大跳。

媽媽大概是下定決心了，沒有奪門逃跑，也沒有像電視劇裡演的那樣抱著我哭，然後說她不走了。她只是摸摸我的頭，遞給我一封信，跟我說：「不管你看不看得懂，有一天你會了解媽媽的。我不是不愛你，也不是不愛你爸爸，我很難跟你解釋。」

「那我以後還會看到你嗎？」

媽媽用力點頭，「那是當然，我是你媽媽啊！你就當作我出門旅行好了，只要你想念我，可以派『藍天白雲』來找我。」

「藍天白雲」是我在鳥店選中的一隻鸚鵡，也是我的10歲生日禮物。媽媽說她沒有錢，只准我買50元以內的禮物，我就到鳥店挑了一隻剛長毛的鸚鵡，不是黃色或綠色，而是少見的藍白混雜，十分特別，我決定養牠，給牠取了名字：藍天白雲。

「藍天白雲」是一隻很聰明的鸚鵡，牠聽得懂我說話，每次我寫功課時，牠就站在窗台歪著頭看著我，或是飛到我的肩膀上，啄我的頭髮。可是，只要聽到媽媽回家用鑰匙開門的聲音，「藍天白雲」就會立刻飛回籠子，免得媽媽罵牠到處亂大便。

媽媽常說「藍天白雲」跟我一樣是個鬼靈精，牠

不是一隻普通的鳥，要我好好照顧牠。

　　可是，自從媽媽走了以後，「藍天白雲」變得好奇怪，不愛吃飼料，也不喜歡說話，更不喜歡飛出籠子找我玩。有時候，我會把牠抓出籠子，放在我的書桌上，但牠很快就飛回籠子，站在桿子上，若有所思的望著窗外。

　　難道這麼久以來，是我誤會「藍天白雲」了，牠喜歡的不是養牠、陪牠的我，而是出錢買牠的媽媽，因為想念媽媽，所以牠才茶不思、飯不想。

　　為了一解「藍天白雲」的相思之愁，我請教了隔壁的毛愛國應該怎麼辦？毛愛國歪著頭說：「我看過一本書上寫著，有個人的鳥生病了，他就帶著鳥去旅行，尋找醫生治療他。你應該帶『藍天白雲』去找你媽媽，否則牠可能會死掉。」

　　如果「藍天白雲」死掉，我就看不到媽媽了，於

是趁著期中考結束，我要求毛愛國跟我一起搭火車找媽媽。他本來不肯，但我告訴他，「你可以順便找爸爸，只要你爸爸回來，你媽媽的相思病就會好了。」

毛愛國覺得我說得很有道理，決定跟我同行。可是，我不知道媽媽去了哪裡，毛愛國也不曉得他爸爸搬到哪裡，我們身上的錢剛好夠買兩張到台中的車票，就上了車。

「還好，『藍天白雲』不必買票，要不然我們的錢就不夠了。」因為是我出的主意，所以我只好用自己撲滿裡的錢買票。

我剛開始很興奮，東看看、西看看，慢慢的有些累了，天快要黑了，肚子也餓了。等火車開到新竹，列車長查票的時候，毛愛國突然大哭，說他要回家。

「我們又不是沒有買票，你哭什麼哭，很丟臉呢！」我拉拉他，可是，他哭得更大聲，害我眼睛酸

酸的，也很想哭。

結果，我們就被送回台北，第一次冒險之旅正式結束。爸爸知道後，很生氣的問我：「你是不是準備叛變，投向你媽媽的懷抱？」

我搖搖頭，「我只是想帶著『藍天白雲』找媽媽，牠好像生病了。」

爸爸大概是被我感動了，竟然跟我說：「這樣好了，以後只要有乘客搭車去外縣市，我就問他們可不可以讓你坐在前座，我幫他們打一點折。」

沒想到真的碰到這種好心乘客，於是，我搭著爸爸的計程車去過基隆、宜蘭還有雙溪，但是都沒有遇到媽媽。怪的是「藍天白雲」卻活了過來，在屋子裡快樂的飛來飛去。如同偶像劇裡說的：「失戀的人需要時間療傷。」

一個炎熱的周六下午，我躺在沙發上睡午覺，頭

頂的吊扇轉啊轉的，帶來些許涼意。「藍天白雲」站在沙發扶手上啾啾叫著，但我真的睏了，不想理牠。突然聽到牠撲撲展翅的聲音，我微微張眼，斜睨著牠，只見牠朝上直飛，好像被吊扇吸上去似的，我嚇得立刻坐起來，大叫：「「藍天白雲，快下來，快下來，危險啊！」

可是，來不及了，牠被吊扇的扇葉擊中，軟軟的跌落下來，我接住牠嬌小而脆弱的身體，哭喊著：「藍天白雲、藍天白雲！你不可以這樣，我陪你玩啦！你不要生氣，你別嚇我！」但牠的頭低垂著，脖子流出殷紅的血，眼睛緩緩閉上，死了。

我不敢相信這個事實，捧著牠的身體，坐在沙發上發呆，眼淚爬滿臉頰，不斷責怪自己為什麼不理「藍天白雲」，但是，再多的懊悔也喚不回牠，更糟的是，如果我想念媽媽，就無法派「藍天白雲」去找

　　她，我跟媽媽從此斷了線。

　　爸爸回家的時候，我幾乎變成石膏像，即使爸爸帶回好吃的臭豆腐以及豬腸冬粉，我還是不為所動。爸爸摸摸我的頭，「幻幻啊！明天爸爸再幫你買一隻『藍天白雲』，不要哭了。」

　　「不可能有第二隻『藍天白雲』！」我先是搖搖頭，然後反問爸爸：「你以前跟我說過，耶穌被害死以後，放在山洞裡，第三天他就復活了，是不是真的？」

　　爸爸點點頭，「是啊！所以才有復活節，慶祝耶穌復活。」

　　這件事給了我靈感，我找了一個裝糖果的鐵盒，在裡面鋪上柔軟的綠色絨布，把「藍天白雲」包裹好，然後蓋上盒子。爸爸問我：「要不要我幫你拿到山上埋起來？」

「謝謝爸爸，我還要跟『藍天白雲』道別，你不必擔心。」我收拾著爸爸帶回來的餐盒及塑膠袋，一邊說：「真的，就像媽媽離家一樣，我很快就會恢復正常。」

爸爸看了一會兒電視，就回房去睡覺了。唉！他又忘記洗澡了。自從媽媽走了以後，爸爸變得更邋遢，渾身汗臭就上床睡覺，導致床單、枕頭都很臭，這樣還有誰願意搭他的計程車？

趁爸爸開始打呼，我下樓走到對面的公園，挑了一棵比較大的印度橡膠樹。四面張望，確定附近沒有人走動，拿出我預先準備的鏟子，打算在樹根間挖一個洞，把「藍天白雲」埋進去。

這座公園裡的印度橡膠樹已被列為保育古樹，爸爸說他住在育幼院時，這裡是一片菜園，他常常來抓蚱蜢、挖蚯蚓，那時印度橡膠樹已長成大樹，可見它

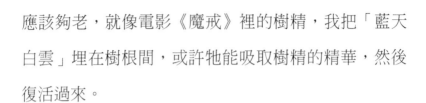

應該夠老,就像電影《魔戒》裡的樹精,我把「藍天白雲」埋在樹根間,或許牠能吸取樹精的精華,然後復活過來。

來回走了幾趟,確定我挖得夠深,也把表面的土弄得很平,即使每天到公園澆花的里長也看不出來,我才放心的回家。

上了7樓,我趴在窗口望著公園裡的印度橡膠樹,默默祈禱。

才剛躺在沙發上,我突然跳了起來——糟糕!我蓋上鐵盒,又埋了許多土,萬一「藍天白雲」復活了卻爬不出來怎麼辦?繼之一想,當初耶穌的墳墓口擋了一塊很大很大的石頭,可是瘦瘦的耶穌照樣可以跑出來,所以應該沒問題吧?

接下來的幾天,我上學前先到公園報到,放學時顧不得沿路跟同學聊天,很快衝回公園,就怕附近

居民蹓狗時，被狗聞到「藍天白雲」的味道。甚至只要有流浪狗靠近，我就用最快速度衝下樓驅趕，有時還把晚餐分給流浪狗，希望他們不要傷害「藍天白雲」。

只是人算不如天算，某天突然下起大雨，氣象報告說有颱風來襲，我焦急的問爸爸：「公園裡會不會有土石流？」

「幻幻，我們住的是平地，不是山上，不會有土石流。」

「可是，上一次公園裡的黃土就被雨水沖到馬路上。」

爸爸說：「那是因為公園旁邊的下水道偷工減料，才會出狀況。我已經跟里長抗議過，你放心，這次不會遍地泥漿了。」

我還是提心吊膽，想趁著半夜把「藍天白雲」挖

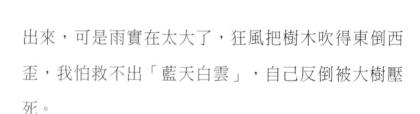

出來，可是雨實在太大了，狂風把樹木吹得東倒西歪，我怕救不出「藍天白雲」，自己反倒被大樹壓死。

好不容易等到風平雨停，學校宣布停課，我趕緊跑到印度橡膠樹下掃掉積水，努力挖出鐵盒。兩手都是泥巴的我在褲子上擦了擦，急急打開盒子，怎麼回事？盒子裡只剩下沾了泥水的綠絨布，「藍天白雲」不見了！是被野狗吃掉了嗎？不可能，盒子裡很整齊，綠絨布也像我之前包好的樣子。

這時，我好像聽到熟悉的鳥叫聲，吱吱喳喳、吱吱喳喳，我抬起頭，順著聲音尋找，竟然在大片、大片的橡膠樹葉間，看到了「藍天白雲」！牠就像活著的時候那樣神采奕奕，我狂喜的呼喊著：「『藍天白雲』復活了，『藍天白雲』復活了。」

我朝牠伸出手掌，希望牠飛下來，可是，牠沒有

飛向我，只是揮動翅膀離開樹梢，朝藍天飛去。

　　我急急叫著：「藍天白雲、藍天白雲，等一下！我還沒寫字條綁在你的腳上，託你帶給我媽媽。」可是，牠頭也不回的飛走了。牠一定在生我的氣，怪我不跟牠玩。

　　牠會飛去哪裡呢？尋找我媽媽，或是尋找另一個家？還是，飛向屬於鳥兒的天堂？

大頭鵝要回家

　　放學回家，我正坐在窗口喝冰水，望著印度橡膠樹發呆時，爸爸又打電話來，催我早點去8巷的鵝肉攤買鵝頭，「天氣熱，太晚去買就不新鮮了，而且，說不定很快就被搶光了。」

　　爸爸說的很有道理。下午2點多開始，鵝肉攤老闆就會把許多鵝堆在桌子上，準備營業。因為不景氣的緣故，鵝肉比較貴，相較之下，一根50元的鵝頭很快就賣完。這是爸爸最喜歡的下酒菜，如果買不到，爸爸會失望，我就會挨罵。

　　可是，我不喜歡吃鵝頭，因為鵝脖子有一層厚厚

的皮，吃起來很噁心。但是爸爸卻有本事討我歡心，他把鵝皮切成細絲，搭配蔥絲、豆芽絲，包在潤餅皮裡，再加一些花生粉、沙茶醬，就變得十分可口。

至於鵝脖子的肉一絲絲撕下來，跟黃瓜絲涼拌，是炎熱的夏天裡我最喜歡的一道小菜。有時候做成涼拌麵，添點麻油、香醋，我可以足足吃上一大碗。如果爸爸去當廚師，肯定比阿基師更厲害，他卻說他喜歡開計程車，認識各式各樣的人。

這間賣鵝肉的攤子遠近馳名，我曾看過許多大人物坐的「黑頭車」停在巷口，堵塞了交通，只為排隊買鵝肉——當然，他們買的是比較貴的鵝胸、鵝腿。

一隻隻鵝犧牲生命，滿足不同家境的我們的大小

胃口,所以,每當我看到這些鵝時,不由得肅然起敬。

還不到下班時候,排隊的人不多,老闆何爺爺和他的兒子何叔叔都在忙,我站在一堆光溜溜的鵝前,耐心等待。何爺爺問我:「幻幻,要幫你爸爸買鵝頭是不是?」

我點點頭,數著桌子上的鵝,一隻兩隻三隻……不曉得何爺爺一天賣幾隻鵝、賺多少錢?我想,他一定賣了很多、很多。聽爸爸說,何爺爺靠著鵝肉,供應一家大小溫飽,還讓他的孩子念書念到畢業,真是偉大的爸爸。

這時,我突然看到躺在最上面的鵝對我眨眨眼,嚇死我了!我揉揉眼,後退兩步,正想叫何爺爺,卻清楚聽到這隻鵝對我喊著:「救命,救救我!」

牠們不都死了嗎?怎麼會說話?

「快點，我不想死。」這隻肥碩的鵝更著急的叫我，因為接下來要被剁頭的就是牠。我看看四周，似乎沒有人聽見鵝說話，難道我被天氣熱昏了？

「你在跟我說話嗎？」我假裝彎腰撿東西，藉機靠近牠，未料肥鵝又說話了，「來不及了，快要來不及了！」果然，我身後的何叔叔正在磨刀，只要一刀下去，鵝頭就會被剁下來。

左右張望，沒人在看我，似乎只有我聽得到肥鵝說話。無暇思考。我迅速抱起這隻鵝，誰知道牠油膩膩的，害我差點把鵝掉在地上。我連忙用T恤包住牠，背對著何爺爺父子，朝另一頭走開。

何爺爺在後面叫我：「幻幻，你不要鵝頭了嗎？」

「我等一下再來。」我扭頭喊了一聲，快速經過藥房，拐向排骨店，衝進我家大樓。

　　幸好一路上沒遇見其他人，我靠著門板，大大喘了一口氣，把緊貼著肚子的鵝從Ｔ恤裡拿出來，心想：說不定一切都是我的錯覺，牠只是一隻死掉的鵝。沒想到，這隻鵝竟然大聲抱怨：「你你你……太過分了，你想把我悶死啊！」

　　「總比被人一刀剁死好吧？真是不懂得感恩的鵝媽媽！」我把牠放在餐桌上，到浴室拿毛巾擦掉身上的油漬。

　　肥鵝竟然翻身坐起，在餐桌上大搖大擺的踱步，「我警告你，我不是什麼鵝媽媽，大家都叫我大頭鵝——你沒注意到我的頭很大嗎？我是如假包換的鵝爸爸。」

　　「怎麼可能？我聽何爺爺說，他們賣的都是又肥又大的母鵝。」

　　「說的也是。」大頭鵝低下頭，流下眼淚，「我

本來在家鄉的池塘裡快樂戲水，因為心愛的鵝媽媽被
抓走了，我一直緊追著她，就被帶到這裡。」

換好乾淨的衣服，我開始煩惱怎麼把大頭鵝藏起
來，否則爸爸看到了，會以為何爺爺大發慈悲，買鵝
頭卻送我們整隻鵝，然後把大頭鵝吃掉。

「天氣好熱，請你住到冰
箱怎麼樣？」

「不要、不要！」大
頭鵝尖聲慘叫，「你會把
我凍死！你沒看到我身上
一根毛都沒有嗎？真是沒
有良心！」

「我……」算了，牠
只是一隻鵝，跟牠有什麼
好理論的？都怪我自己，

找這種麻煩。

　　我把爸爸臥室裡的電風扇搬出來，對著牠吹，「這樣好了，你吹吹風，冷靜想想你到底打算怎麼辦？我要寫功課了，沒時間管你。」

　　話是這麼說，大頭鵝卻一點也不合作，一會兒在餐桌上大便，一會兒說牠要洗澡，沒多久又呱呱大叫，說牠想念鵝媽媽，要我去把鵝媽媽救出來。

　　就在這時，我聽到爸爸按門鈴的聲音，他又忘記帶鑰匙了。幸好如此，我還有時間把大頭鵝藏起來，只是我家實在太小，只能勉強把大頭鵝塞進櫥櫃裡，「你不准亂叫，如果被我爸爸發現，你只有死路一條。」

　　爸爸知道我沒有幫他買鵝頭，卻沒有生氣，只是摸摸我的頭，說：「幸好你沒買。待會兒有個客人要我載他去富基漁港吃海鮮，我應該會帶一些便宜的魚

回來。」

爸爸再度出門後，我把大頭鵝從櫥櫃裡放出來，牠又大聲抗議：「熱死了，熱死了！我快要中暑了！」

為了避免牠繼續亂叫，引起隔壁的毛愛國注意，到我家敲門問我出了什麼事，我只好到浴室放一缸水，讓大頭鵝玩個過癮。這招果然管用，大頭鵝划著水，開心的說：「我回家了，我回家了。」

大頭鵝玩累了，我也終於想到藏匿牠的方法，那就是沙發後面的三角空間。那兒有足夠的寬度，又有窗外吹進來的風，牠應該不會抗議。

我背誦著明天要默寫的課文，邊望著牆上的時鐘，已經過了8點，何爺爺應該準備打烊了，沒人來我家按門鈴，看樣子，他們應該沒有發現少了一隻鵝，我總算能鬆一口氣。

　　爸爸回家時已經很晚了，他交給我一袋魚，丟下一句話：「我很累，先去睡了，你把魚殺一殺。」

　　「爸，你還沒有洗澡耶！」我抗議歸抗議，畢竟沒有媽媽的魅力，爸爸還是過他的邋遢生活。唉！再這樣下去，我家真的會像垃圾堆那樣臭。

　　我把塑膠袋拿進廚房，接著把魚倒進洗碗槽，正準備拿菜刀剖魚，只見一條條魚活蹦亂跳的瞪大眼，對著我喊：「我不要死，我不要死！」

　　我扔下菜刀，不敢相信自己的眼睛。一隻大頭鵝已經快把我搞瘋了，現在又來這麼多條會說話的魚！我急忙把整袋魚丟進冰箱，跳上沙發睡覺，希望早上醒來發現這一切都是夢。

　　整個晚上我都睡不安穩，不是在天堂的鸚鵡「藍天白雲」大喊救命，就是何爺爺父子追著我要鵝，大頭鵝還領著一群鵝，在我身上又跳又叫，罵我是殺鵝

凶手。我被壓得快不能呼吸，突然聽到大頭鵝的聲音：「我肚子餓了。」

我睜眼一看，才發現剛才在作夢，大頭鵝從沙發後面探出頭來，用嘴啄著我的手臂，嘎嘎叫著。我忙用雙手關攏牠的嘴，警告牠：「你再亂叫，我天亮後就送你回鵝肉攤。」

趁著爸爸還在呼嚕嚕的打呼，我悄悄到廚房拿幾片青菜打發大頭鵝，接著繼續睡覺。我再度起床時，爸爸已經出門開計程車，看樣子，他沒有發現大頭鵝的蹤跡。

認真叮嚀過大頭鵝後，我才去上學，可是我一整天都坐立不安，擔心大頭鵝在家闖禍，或爸爸突然跑回家睡午覺。心神不寧的我默寫繳了白卷，老師拍拍我的桌子，「幻幻，你是不是生病了？怎麼一個字都沒有寫。」

毛愛國舉起手來，為我大聲辯護，「老師，幻幻想念她媽媽，晚上都失眠睡不好。」

我是沒有睡好，但那是大頭鵝害的，我能把真正的原因說出來嗎？保證老師會嚇得送我去看醫生，說我腦袋有問題。上次我說在忠誠路的欒樹上，看到兩隻無尾熊打架，引起全校轟動，結果證實是我看花了眼，那只不過是兩只無尾熊風箏。

回家前，我特地繞到百貨公司的超市，驗證是否所有動物都會跟我說話。經過水果攤、蔬菜攤，轉向魚攤，我喘著氣，拍拍胸脯——還好，一切平靜無事。正要轉身離開，吵雜的聲音立刻響起，只要是有頭的魚、蝦、雞，都在對我說話。

我嚇得張大嘴，呆呆站著，覺得自己好像變成聽得懂動物說話的杜立德醫生，到底怎麼回事？

我衝回家，顧不得踩得兩腳都是鵝大便，急急問

大頭鵝：「除了我，是不是還有別人也聽得到你說話？太可怕了，我竟然聽到魚和雞跟我說話。」

大頭鵝搖頭晃腦，「動物界的消息都傳得很快，我們聽說你讓『藍天白雲』復活的故事，所以都說你是動物救星。」

天哪！我如果把菜市場、超市的家禽、家畜救出來，會不會被關在監獄裡，關到頭髮都白了？即使我年齡太小，不會坐牢，也會被關進精神病院，一輩子不能回家。

「你家在哪裡？我還是送你回去吧！我不想當什麼動物救星。」折騰一天，我

覺得好累。

「我住在麥寮，那裡有一整片的草原，我好想家，也想念鵝媽媽。」大頭鵝幽幽的說，兩眼充滿淚水。

我翻開爸爸的地圖，發現麥寮好遠，在雲林。上次帶「藍天白雲」出門找媽媽，火車才到新竹，就被毛愛國害得功敗垂成。現在距離更遠了，別說車錢湊不出來，一路上抱著一隻光溜溜的無毛大頭鵝，我會不會被趕下火車？乾脆就近把牠送到芝玉路附近的農田吧！那裡是天母附近唯一的田，還有很高的草叢，可以遮蔽大頭鵝的行蹤。

急性子的我，立刻把大頭鵝裝進背包，只留下一點空隙讓牠呼吸，並且再三叮嚀牠不可以亂叫，「我帶你去一個有田、有草、有水的地方，你應該會喜歡。」

因為牠實在太重了，我只好找毛愛國幫忙。毛愛國雖然知道我平常很喜歡去芝玉路一段的百年老屋探險，還是懷疑的問我：「快天黑了，你去那裡做什麼？」

　　「我前幾天去那裡抓青蛙，把媽媽送我的鑰匙鏈弄丟了。」雖然說謊很不應該，但我怕毛愛國東問西問，胡亂編了理由。可是，因為我的背包很重，當我請毛愛國幫忙背的時候，他趁我不注意，發現大頭鵝的祕密。他好像中了邪，結結巴巴的說：「怎麼會有一隻死掉的鵝？好臭喔！」

　　我看到的大頭鵝卻跟我眨眨眼，哪有死掉啊？我只好發揮想像力，說：「你忘了我家『藍天白雲』復活的事啦？這次我要實驗看看，已經燻熟的鵝是不是也會活過來，所以我要到芝玉路放生。」

　　「你真的瘋了！怪不得我媽媽警告我，要跟你保

持距離，不然很可能一起被關到瘋人院。」話是這麼說，毛愛國還是陪我走到芝玉路，大概是想看我變什麼魔術。

大頭鵝首先抗議，「這裡好髒、好亂，不像我的家鄉。而且蚊子又多，我的皮膚會被叮出許多包，變得很醜，鵝媽媽就不會喜歡我了。」

毛愛國也說：「這附近有許多住家，即使死鵝真的復活，一定很快就被居民發現。牠又不會飛，到時還不是被吃掉。」

怎麼辦呢？我背起大頭鵝，沿著芝玉路低頭往回走。毛愛國又問我：「這隻鵝是不是何爺爺的？你還是趕快還給他們，不然讓你爸爸知道，你一定會挨揍。」

我知道爸爸最痛恨我說謊、偷東西。我曾看到天福公園旁有一輛被人棄置的腳踏車，所以悄悄騎了幾

次；爸爸知道事情真相後，我足足挨了50下手心，痛得無法拿筷子吃飯，但是也不用寫功課了。

已經過了一天，何爺爺並未跟爸爸告狀，悄悄送回去的確是神不知、鬼不覺，但大頭鵝就活不成了！

我支著下巴，跟地磚上的大頭鵝面面相覷，牠彷彿猜到我的心事，突然問我：「鵝媽媽是不是不在了？我都沒有聽到她的叫聲。我好想念她，如果她死了，我活著也沒有意思。」

我聽老師說過，鵝是一種愛情堅貞的動物，只要一隻死了，另一隻也活不長久。我不能欺騙大頭鵝，只好點點頭，「鵝媽媽已經在別人的肚子裡了。」

大頭鵝嘎嘎哭著：「我不想逃了，我要去找鵝媽媽……」

我也哭了，想到要跟大頭鵝分離，比媽媽離開我還傷心，因為大頭鵝死了就再也不會回來，媽媽卻有

回來的一天。如果大頭鵝是天鵝就好了，沒人會吃掉牠……不對、不對！癩蝦蟆會吃掉天鵝。以前就有人笑過爸爸跟媽媽結婚，是癩蝦蟆想吃天鵝肉。

＊　　＊　　＊

鵝肉攤的生意很好，人來人往，只聽到不時有人問：「老闆，鵝肉還有沒有？」

我趁人不注意，走到廚房，悄悄把大頭鵝放在桌上，牠跟我眨眨眼，嘴巴輕輕開闔著：「再見，幻幻，謝謝你。」

我縮在柱子後面，望著大頭鵝，牠卻閉上眼睛，頭垂了下去，跟其他死去的鵝一樣。這時，何叔叔正在問客人：「先生，你要買幾個鵝頭？」接著，大頭鵝躺在砧板上，何叔叔舉起刀來……

想起大頭鵝吵著要洗澡、啄著我的手說肚子餓了、到處大便挨我罵時委屈低頭的模樣，我的眼淚迸了出來。

　　我轉身大步跑開，只聽到「剁」的一聲，心頓時碎成片片，忍不住大喊：

　　我——再——也——不——要——吃——鵝——頭——了！

格格遇見湖王子

　　打從我有記憶開始，我就住在天母。許多人說天母是高級住宅區，但我知道，我們家和不少天母人一樣，是高級住宅區的貧民戶，只是因為住在天母許久，有了感情，捨不得離開。

　　像我爸爸不想離開天母，是為了守護位在天母東路口的恩恩育幼院。即使媽媽怪他愛育幼院比較多，因此離我們而去，爸爸也甘願，最主要是育幼院裡充滿他兒時的回憶，還有許多愛他的人。

　　爸爸常說，育幼院院長發現他時，是在一個寒流過境的晚上。當時還是嬰兒的爸爸被大毛巾包著，放

進菜籃裡，丟在育幼院門口，嘴脣都凍得發紫了；若不是院長很晚睡覺，聽到嬰兒的哭聲，他大概已經變成冰棒了。

爸爸的名字——梁雅各，是院長取的。從此以後，爸爸就叫她「院長媽媽」，而育幼院裡的小朋友，都成為爸爸的兄弟姊妹。所以，爸爸雖然離開了育幼院，但只要能力許可，他都會悄悄以無名氏的名義，捐一點錢、買一些白米，幫助他們。

前不久，恩恩育幼院為了籌募經費，舉辦一場跳蚤市場義賣會。爸爸給我100元，我很節省的花用，買了一個1元的漂亮杯子、一本5元的筆記本、半打20元的襪子、三本10元的書、一件50元的衣服，最後竟然還有結餘。

等我回到家裡，才發現爸爸非常「凱」的花了500元，買下一輛二手單車給我。他說：「這樣子，你

就不會看著別人的單車流口水。」

　　我知道他還在記仇，怪我上次騎別人丟棄的單車，丟了他的臉。梁雅各的孩子不能有偷拐搶騙這些行為，絕不能像《聖經》裡的雅各，用一碗紅豆湯，騙走他哥哥的長子名分，還騙走他爸爸的祝福。

　　有了單車，對於我這麼喜歡東奔西跑的人來說，簡直就是如虎添翼。放學時，別的同學都得去補習班或安親班報到，我卻可以騎著心愛的單車，在天母到處逛，我覺得自己真是幸福的小孩。

　　當然，我最喜歡去芝玉路，那裡有田埂、有池塘，也有古老的房子，運氣好的話，還可以遇見鬼。聽我這麼說，毛愛國嚇得亂叫：「你不要說了，我要上廁所！」他每次害怕就會尿急。

　　我有時候覺得，毛愛國比較像女生，我比較像男生……不對、不對！這樣說好像瞧不起女生，認為女

生都很膽小。其實，女生也可以很勇敢，例如跟三位清朝皇帝都有關係的大玉兒就不怕男生，還和一大堆男人對抗，保護她年幼的兒子、孫子當上皇帝。

　　這就是電視兒童的最大好處──可以知道許多歷史故事，然後把這些故事說給別人聽，即使是像我這樣成績不好的人，也能成為同學崇拜的對象。

＊　　＊　　＊

　　這天剛考完試，時間還早，我不想太快回家，就叫毛愛國陪我去探險。「喂，不要回家，跟我去啦！」

　　毛愛國最常陪我去芝玉路騎車，然後坐在樹下或古厝邊，聽我講改編的童話或瞎掰的鬼故事。可是這次他卻搖搖頭，說：「我不想去。」

沒有聽眾的話，那多無聊，我只好使出溫柔計，「我的車子給你騎，我在旁邊用跑的，好不好？」

換作平常，毛愛國一定感激得痛哭流涕，然後以最快速度跨上單車，呼嘯而去。但他卻眼眶含淚的跟我說：「我現在不能陪你，以後可能也沒辦法陪你了。」他說得好像要跟媽媽一起燒炭自殺似的。

我不是危言聳聽，當初他爸爸拋棄他們母子時，毛媽媽曾經想要上吊自殺，是毛愛國又哭又叫又跳的驚醒樓下鄰居，讓他們衝上樓抗議毛愛國太吵了，才救了毛媽媽。

我只好安慰他，「你不要擔心啦！我相信，你媽媽一定可以勇敢撐過去，就像我爸一樣，藉著忙碌的工作麻醉自己。」

毛愛國點點頭，黯然的往天母東路的家走去，我則是離開學校，往右邊的上坡路慢慢騎，打算從東山

路繞過去。

爸爸曾經警告我，東山路因為靠山，十分偏僻，平常就很少行人經過，天黑以後，更是見不到半個人影。萬一我被路過的汽車司機抓走，即使我喊破嗓子也不會有人聽到；更慘的是，爸爸沒錢贖回我，我就會被撕票或被強暴，聽起來令人毛骨悚然。

儘管爸爸三令五申，我還是不想聽他的話，我覺得世界上不會有這麼多壞人，那都是大人用來嚇小孩的。

＊　　＊　　＊

芝玉路是一條很奇怪的路，從頭到尾都很窄小，而且穿越許多住宅區，說它是巷子還差不多。如果不專心騎車，很可能會撞到老爺爺或老奶奶，實在太危

險了。

　　所以，我比較喜歡穿過德行東路後的芝玉路一段，那裡住家比較少，而且道路變化比較多，有種柳暗花明又一村的感覺。開計程車的爸爸說，這條路只有內行的天母人才知道，彷彿是一條通往天母的祕密通道。

　　這一帶最著名的就是芝山公園，像座小山靜悄悄的聳立著。雖然跟高大的陽明山比起來是小小巫見大大巫，我卻很欣賞它的小巧可愛。

　　我看過《天母不了情》這本書的介紹，大概在四千多年前，天母是一座大湖，到處都是水。湖面上有座小島，島上有塊芝山岩，這塊芝山岩現在就在芝山公園上面。

　　爸爸曾陪我去過一次芝山公園，胖胖的他一直喘氣：「下、下一次……呼，打死我、也不來，我一

定……呼，會死在山上。」

那可不妙，爸爸這麼重，誰抬得動？很可能還沒下山，救護人員的手就斷掉了。

既然這裡曾經是大湖，會不會像英國的尼斯湖一樣，也有水怪？水怪一定長得很醜、很噁心，而且黏答答的，想起來就讓人全身起雞皮疙瘩。

在天母這種風景如畫的地方，應該出現的是湖王子，穿著湖水綠衣服，帥氣的騎著大烏龜，四處巡遊；如果有人不聽話，他就把對方變成烏龜。

望著眼前髒兮兮的池塘和垂死的荷葉，我怎麼也無法想像清朝時這兒有一座石閣泉，流出來的泉水清澈甜美，甚至可以醫病！現在，要我喝這樣混濁的水，一定會吐三天三夜、拉三天三夜。為什麼？當然

是因為池塘裡有福壽螺和一堆紅色的蛋！

　　上次毛愛國來，竟然大驚小怪的叫嚷著：「紅寶石、紅寶石，我發財了！我媽媽不必過苦日子了！」天真的他竟以為池塘裡長了紅寶石，興奮得叫個不停。

　　他怎麼這麼笨？如果是紅寶石，早就被別人撿光了，哪還輪得到我們？所以，池塘是無法引起我興趣的。

　　我加快速度，騎向芝玉路最前段的紅牆紅瓦古厝。這幾間古厝雖然搖搖欲墜，卻很有歷史，乾隆時期就已有人住在這兒。怪不得居民捨不得拆掉，因為，這裡有他們祖先的回憶。可是，萬一地震震垮了或颱風吹垮了，又該怎麼辦？住在這裡的人都要加入祖先的行列，成為大家回憶的對象。

　　我一不留神，車頭扭了一下，整個人撞向牆壁。

我連忙跳下車，擔心颱風沒有吹垮古厝，卻被我撞垮了。

牽著單車走沒幾步，只見古厝的門檻上坐著一位漂亮姊姊。她的帽子繪有一朵大牡丹，兩旁綴著珠珠，衣服也十分鮮豔，裙前還繡著鳳凰──不知道她是來拍電影，還是拍廣告的？

我好奇的走過去跟她聊天，發現原來她是清朝的格格。

「你演什麼故事？跟大玉兒有關係嗎？」我和她並肩坐在門檻上。

「我啊，我是離家出走，跑到台灣來的最後一位格格。」她笑著說，眼角卻透著憂鬱，像媽媽每次望著窗外的那種表情。

「你不是皇帝的女兒嗎？住在皇宮裡，要什麼有什麼，吃的是山珍海味，還可以穿得那麼漂亮，為什

麼不快樂而想要逃走？」

　　她玩弄著帽子的墜子，幽幽的說：「因為不自由。我都不能跟喜歡的人結婚……」

　　上回看清朝的電視劇，因為戲裡的格格很漂亮，我就跟爸爸說：「我要做格格。」

　　爸爸回答：「我是我們家的天皇老子，你當然就是格格──幻幻格格。」

　　看樣子，做格格跟我想像的不太一樣，我還是不要做格格吧！

　　「那你最後的結局是什麼？有沒有跟喜歡的人結婚？」

　　「唉！」她嘆了一口氣，「我來到台灣，卻到處找不到他。」

　　「那我幫你找！你有沒有照片？我可以幫你放到網路上。」

　　她搖搖頭，一雙眼睛變成兩座小小湖泊，湖裡的水就快要滿出來。看樣子，她跟毛媽媽一樣，被拋棄了。她們好可憐，應該學學我媽媽，因為我媽媽很厲害，拋棄了我爸爸。

　　「小妹妹，那是你的單車嗎？你不可以停在這裡，會被經過的車子撞到。」隔壁的紅瓦屋裡突然有人走出來叫我，我趕緊走過去牽單車。不過一眨眼工夫，格格卻不見了，我追進古厝裡，喊了幾聲「格格姊姊！格格姊姊！」，卻沒有人回應。

　　我拐到附近的里長辦公室詢問，他們卻皺起眉頭問我：「小妹妹，你是不是天氣太熱，所以中暑了？」

　　「我沒有中暑，剛剛這裡真的有人拍電影，演一個格格的故事。」我一本正經的回答。

　　搖著扇子的老伯伯沒好氣的說：「這裡哪有人拍

電影？房子都快要垮掉囉！格格？什麼格格？我不知道。」

　　真是的，他們坐在院子裡聊天，當然不會注意到格格是否出現。我一間一間的敲門，詢問每戶人家格格到底躲到哪裡去了，結果都一樣，沒人看過格格。難道真是我的幻想？

　　我跑回格格原本坐的門檻，只剩一把她遺落的紙扇。可是，為什麼沒人見過她？對了，大概是電影的外景車開走了。不過，她怎麼可以不告而別？

　　我跨上單車，沿著芝玉路往下找，騎啊騎的，一輛汽車迎面駛來，我一緊張，連人帶車跌入池塘中。

　　我努力站起來，卻不敢張開口喊救命──我滿臉都是泥巴水，又擔心福壽螺爬進我的嘴裡，只好拚命揮舞雙手。

　　就在我無法決定是被福壽螺塞滿嘴，還是溺死在

淺淺的水塘時，夕陽的餘暉閃了閃，只見路邊站著一位大哥哥，穿著湖水綠T恤，騎著灰色單車，車桿上貼著一張烏龜貼紙。

我忍不住啊啊亂叫，不小心灌進幾口泥巴水——天哪！難道他就是傳說中的湖王子？

他伸出手，用力的把我拉上去，也順便拯救我的單車。雖然我變成泥巴雞，還是覺得自己真幸運，不但遇見格格，又遇見湖王子。

湖王子的溫柔嗓音好像春天的風，即使現在是秋天，我聽了還是覺得很舒服。他說：「你全身都是泥巴，我帶你去沖洗一下。」

雖然他是王子，我仍清楚記得爸爸的警告：不要跟陌生男生回家！所以，我連忙拒絕，「謝謝你，不用了，我家很近，可以騎車回去洗乾淨。」

「那我走了，以後騎車要小心，不要東張西

望。」

「好好好！」我拚命點頭，望著他帥氣的跨上單車，幾乎呆住。隔了幾秒鐘，我才想起自己應該追上去，問問湖王子住在哪裡？

順著芝玉路，穿過德行東路，快要到士東路時，湖王子突然轉頭跟我說：「你不要跟著我，好不好？不然，你以後遇見危險，我就不救你了。」

我只好停下來，痴痴的望著他的身影在我眼前消失。

夕陽在身後護送著我，我全身滴著泥巴水，慢慢騎著車，朝回家的路滑下去。我如果把這兩段奇遇說給毛愛國聽，不曉得他會不會相信？他是會立刻跟我衝到芝玉路，還是無奈的嘆口氣，學他媽媽說：「幻幻啊，你今天是不是見鬼了？」

毛媽媽的水中孔雀

自從遇見湖王子之後，我經常騎車去芝玉路，坐在水塘邊發呆，希望可以再碰到他，可是，他彷彿從人間蒸發般，消失了蹤影。

倒是毛愛國聽了「格格遇見湖王子」的傳奇故事，十分興奮，一直問我：「你既然可以看到許多奇怪的人，那你是不是也看得到我爸爸現在在哪裡？我真的好想他。」

我歪了歪頭，假裝在思考，然後跟他說：「我看到你爸爸跟另一個阿姨在一起，那個阿姨穿得很辣、很暴露，她正在跟你爸爸撒嬌……我看，你媽媽沒希

望了，乾脆請她再幫你找一個爸爸。」

「我媽也是這樣說——與其等一個心已經死掉的男人，不如找一個懂得把心給她的男人。可是，我只要我爸爸。」毛愛國說著說著，又要哭了。

「好啦！我不跟你說了，我要回家寫功課。」

「幻幻，」我剛要進門，毛愛國又叫住我，「我差點忘了，我媽說我家的洗衣機不會動，請你爸爸回家後，抽空幫我們檢查一下。」

奇怪，我爸是開計程車，又不是開水電行或電器行，毛媽媽為什麼常常找爸爸幫忙？

當爸爸買了兩個49元的便當跟我一起享用時，我提起毛媽媽的請託，順便加上我的看法，「爸，我看你還是小心點。毛媽媽一會兒找你教電腦，一會兒找你修洗衣機，她說不定愛上你了。」

「怎麼可能？她每次都說要找一個有錢的男人，

再也不要窮哈哈的看別人臉色。」爸爸頗不以為然。

　　說的也是，爸爸這麼邋遢，睡覺又會打呼，就算哪個女人真的愛上他，但說不定過沒多久，又會上演出走的戲碼。

　　「可是，我聽毛媽媽說，她就是欣賞像你這樣疼老婆、不打老婆的男人。」

　　「偏偏你媽嫌我不像男人，說我不夠男子漢。唉！」爸爸嘆了一口氣，繼續說：「不過，你放心，我每次幫毛媽媽修東西都會跟她收錢，免得她誤會我對她有意思。」

　　爸爸摸摸我的頭，「你的小腦袋裡，不要盡裝這些有的沒的。晚上你把衣服洗一洗，我想再跑幾趟生意，多賺點錢。天氣快變冷了，我要幫你買幾件新衣服。」

　　我聽了好感動，眼淚差點流下來。還好我剛剛看

到49元的便當沒有發牢騷，怪爸爸偷懶，不肯做飯給我吃；原來爸爸是把錢省下來，做別的用途。擁有他這樣樂觀知足的單親爸爸，我覺得自己比毛愛國幸福多了。

我聽毛愛國說，他爸爸擔心他姓毛，別人可能誤會他不愛國，所以取了這個名字，希望他愛國愛家。結果，毛爸爸卻率先不愛自己的家，不但離家出走，還跟別的阿姨另組家庭。也因為這樣，毛媽媽只好自食其力，幫鄰居看小孩，賺取保母費。偶爾她領了錢，會心血來潮請我去她家吃飯，並且跟我說：「幻幻，你常常一個人在家，這樣很不安全，現在有什麼兒童保護法，規定不能讓小孩子獨自在家，會被告的。」

我一聽，嚇得馬上說：「毛媽媽，求求你，不要告我爸爸！」

「我怎麼會呢？他常常幫我的忙，大家都是好鄰居嘛！你爸爸擁有這樣的好技術，已經變成我們大樓的修理專家了。現在的修理工人實在很難請，每次都要打很多通電話，他們才姍姍來遲，然後隨便摸幾下，就要收幾百元。過沒多久，東西又壞了，他們還會怪說機器這麼老舊了，早該換新的。唉，他們一點都不懂得同情我們生活的困苦，還以為住在天母的都是有錢人。」

毛媽媽不是故意誇我爸，而是他的技術真不是蓋的，就像他開車平穩又安全，也是有口皆碑。任何有狀況的機器到他手裡，只要三兩下就可以運作了。

爸爸說：「這就是我經常告訴你的道理：『患難生忍耐，忍耐生老練，老練生盼望。』我從小在育幼院裡吃了不少苦，什麼事都要自己動手做，久而久之，反倒成為我的一技之長。」

　　所以，除了毛媽媽，大樓裡的每個單親媽媽或單身阿姨，都會找爸爸修東西，例如燈泡壞了、吊燈不亮、冰箱發出怪聲音、電腦當機、列表機卡紙，弄得爸爸幾乎沒有空閒時間。不過，看樣子，他倒是忙得很快樂。

　　既然如此，我靈機一動，幫他出主意，「爸，你乾脆不要開計程車，在大樓外面掛個招牌，幫大家修理各種家電，說不定錢賺得更多，還可以常常在家陪我。」

　　可是，爸爸卻說：「我還是比較喜歡開計程車，修理電器只能算是小小外快吧！」

　　爸爸沒有說出口的應該是，他希望沿街開車時，會跟媽媽不期而遇——唉，真是痴心的爸爸。

＊　　＊　　＊

這天晚上，我寫完功課、洗完澡，看了一會兒電視劇，覺得無聊，乾脆躺在沙發上睡覺。

剛剛睡著，恍惚間看到藍天白雲在窗口拍動翅膀，好像要進來找我，這時電話鈴聲卻響起，一聲又一聲。我實在不想起來，可是，電話那頭的人不願放棄似的，不肯掛掉電話。

我歪頭瞄了一眼牆壁上的掛鐘，已經快要午夜12點了，到底是誰啊？爸爸怎麼還沒回來？太拚命了吧！

我拿起電話，傳來的竟是毛愛國的尖叫聲，我嚇一跳，整個人清醒了一半，趕緊問：「怎麼啦？」

「不得了，我家淹大水了，再這樣下去，整棟大樓都要淹水了！你爸爸回來沒？快請他過來一下！」

「你幹麼不來我家按門鈴？」我沒好氣的說：

「浪費電話錢。」

「我一開門，水就會沖到走廊上，嚇死人了！你爸爸到底在不在？」

「他還沒回來，不過，我可以先過去看一看，再問我爸該怎麼辦。」

我平常像個小跟班，跟著爸爸進出每戶人家修東西，看的次數多了，多少也懂得一點。於是，我拿著爸爸的工具箱，煞有其事的走到毛愛國家。

打開門，客廳地板果然都是水，我只好涉水進去。

毛媽媽看到是我出現，似乎有些失望，不過，她還是像發現浮在大水上的一綑稻草，緊緊抓著我的手，說：「幻幻，是我家的馬桶啦！不曉得為什麼一直漏水，我怎麼關都關不住。」

我進了廁所，蹲下身，學著爸爸在水箱下方的水

管東扭扭、西摸摸，然後用手機跟他聯絡，想要請教他。沒想到，爸爸的手機一直「嘟嘟嘟」，無法接通，看來，我只好自求多福了。

我好像是得到爸爸的真傳，三兩下之後，水管竟然不再漏水。毛媽媽頻呼「萬歲！幻幻真厲害」，還激動得差點衝過來吻我。

當毛媽媽跟毛愛國在客廳裡忙著勺水、擦水時，我打開馬桶蓋，卻嚇得渾身起雞皮疙瘩——馬桶裡怎麼有一隻魚游來游去，尾巴還像彩色扇子一樣漂亮？這好像是毛愛國養的孔雀魚！記得他帶孔雀魚去學校的時候，曾引起同學間的騷動，還被老師制止。

我本來想把毛愛國叫進廁所，問個明白，但後來想想，今天放學時，毛愛國傷心的告訴我，他養的孔雀魚死了——已經死掉的魚，怎麼還活得好好的？這件事透著蹊蹺，我覺得自己應該先問問毛媽媽。

　　我把毛媽媽叫進廁所，掀起馬桶蓋，悄悄的問她：「這是不是毛愛國養的魚？」

　　她嚇了一跳，差點跌坐在水裡，揉揉眼睛說：「這怎麼可能？我明明把孔雀魚沖進馬桶裡，牠怎麼可能還活著？幻幻，你趕快把牠沖掉，不要讓愛國看到！」說完，她用力的蓋上馬桶蓋。

　　我望著毛媽媽焦躁不安的臉龐，「阿姨，是不是你不喜歡他養魚，所以故意騙他說孔雀魚死了？」

　　這時，渾身溼答答的毛愛國，突然出現在我們身後，他聽到我們的對話，嚎啕大哭：「媽，你為什麼要謀殺我的孔雀魚？我才剛剛幫牠們配對，你就殘忍的分開牠們，你明明知道夫妻分開的痛苦……哇啊啊！」

　　毛愛國愈哭愈大聲，毛媽媽則氣呼呼的說：「我就是不喜歡看到牠們恩愛的樣子！」語畢，她踩著

水，走了出去。

　　毛媽媽說的到底是孔雀魚，還是毛爸爸和那個阿姨呢？

　　我再度掀開馬桶蓋，不由驚呼：「毛愛國，你看，馬桶裡多了好幾條魚！」

　　毛愛國的眼淚瞬間停止，接著衝了過來，「你不是騙我的吧？」

　　他擠在我的身邊，往馬桶裡看，裡面除了一對身材壯碩的孔雀魚，還有幾條蝌蚪般的小魚自在優游，好一幅溫馨感人的全家福畫面。

　　「怎麼可能？這太神奇了！」毛愛國又哭了。

　　「你沒聽過鮭魚逆流而上的故事嗎？牠們一定是不願意離開你，也不願讓小孩沒看到這個世界就死掉，所以從水管下面拚命游上來，產下小魚。」

　　「可是，這下該怎麼辦？我媽不讓我養牠們，即

使這次能留下來，說不定，她又會找機會把牠們丟掉。萬一丟在沒有水的地方，牠們只有死路一條！」毛愛國的眼淚，絲毫沒有停歇的意思。

「你以為朋友是當假的嗎？」我嘆了一口氣。

於是，這一家子的孔雀魚就住進我家，代替藍天白雲，成為我的好朋友。在爸爸回家前，我已經幫牠們想好名字，就叫作「水中孔雀」。

爸爸聽說我解決毛愛國家的漏水事件，還賺了200元，便拍拍我的頭，說：「幻幻，不錯嘛，開始賺錢了！以後毛媽媽再找我修水管，我就派你出馬，怎麼樣？」

我跟爸爸擠了擠眼睛，彼此心照不宣。因為我知道，在爸爸心裡，媽媽永遠占據第一位。

望遠鏡裡的探險

　　雖然從學校到家裡，短短不到十分鐘的路程，我卻喜歡每次更換不同街道或巷子，穿梭來去，好像走迷宮一樣，即使稍微走遠一點，我也不覺得累。

　　毛愛國最受不了我這一點，每次都罵我：「你真的是有毛病！為什麼不早點回家看卡通、吃冰、打電動？幹麼到處走來走去？這樣很累耶！」

　　他真是不夠朋友，就這樣拋棄我，自己先回家了。不過沒關係，等我發現天母的寶藏，絕對讓他後悔到跟我鞠躬一百次，我也不告訴他寶藏在哪裡。

　　這天，我繞到恩恩育幼院的側門閒晃──這條巷

子是天母東路最長的一條巷子，有許多餐廳和小吃店，只要來回走一遍，常常會發現新大陸；它在我最愛的道路中排名第二，僅次於芝玉路。

育幼院側門是打開的，停靠著一輛資源回收車，車上堆滿紙箱、報紙等回收物，牆角還有許多雜物，包括書本、衣服、球鞋和文具等，散置一地。真是奇怪，又不是放寒假或暑假，他們怎麼會清理出這麼多廢棄物？

「叔叔，這箱羊奶為什麼不要了？」我看到一箱羊奶丟在路邊，沒有打開喝過的樣子，心想怎麼這麼浪費，忍不住問正在處理的叔叔。

回收叔叔說：「唉！也不知道是誰捐的，根本就壞掉了！他們會給自己的孩子喝發酸的羊奶嗎？真是的，要捐就捐可以用的，那邊還有一袋發霉的衣服呢！」他搖搖頭，非常無奈。

　　果然像爸爸說的，他以前住在育幼院，遇到不少好心人，平常捐米、捐菜，過年捐新衣和新球鞋。可是，也有人把育幼院當垃圾場，將斷腿的檯燈、破底的皮鞋、鏽蝕的電風扇、褪色的衣服……統統丟到育幼院。

　　眼尖的我，看到教科書書堆上有一架望遠鏡，拿起來看了看、調了調，好像還可以用。我有點不好意思的問回收叔叔：「這個……可不可以給我？」

　　他點點頭，「你拿去吧！過幾天，可能還會有很多東西清出來，你可以再來看看有沒有你想要的故事書。」

　　「為什麼他們會清掉這麼多東西？」

　　「他們要搬家了。」

　　搬家？我怎麼不知道？我可是天母東路的包打聽呢！如果是真的，天天守著育幼院的爸爸一定很傷

心……不過，他怎麼也沒提到這件事？

　　我用衣角擦擦望遠鏡的鏡頭，邊走邊觀察四周，高處、低處、遠處、近處都變得好大好怪，十分有趣！

　　經過鵝肉攤，何叔叔故意把臉伸過來貼著鏡頭，整張臉都變形了，嚇我一大跳。不過，這真是充滿奇幻色彩的玩具。

　　因為家裡沒有多餘的錢，我幾乎沒有什麼玩具，除了孔雀魚一家，就是幾本舊故事書。我曾經把故事書拿到二手書店，想換點零用錢，他們雖然說我的書實在太舊了，無法變現，卻另外送我幾本二手故事書——啊！世界上的好人太多了。

　　回到家，餵完「水中孔雀」後，我也餵了自己一碗什錦燉飯。這是樓下「天堂小館」的柯伯伯教我煮的，只要洗好米，把切成小塊的排骨、紅蘿蔔、馬鈴

薯、高麗菜和洋蔥等，一起放進電鍋的內鍋，加水超
過兩節手指，外鍋再加入兩杯水，就可以插電了。

　　煮好後，爸爸就能跟我吃一頓營養餐，也不用開
瓦斯、起油鍋，既方便、健康又安全。

　　填飽肚皮，我重重的嘆了一口氣，就算再不情
願，還是要寫功課。我攤開周記本，正在思考自己到
底要寫什麼，突然想起我的新歡——望遠鏡，於是就
翻身趴在窗戶前，用望遠鏡眺望左右鄰舍。

　　對面大樓前有一對裝扮時髦的夫妻正要進門，是
開食品公司的潘爸爸和潘媽媽，記得每次走過他們身
邊，都會嗅到濃濃的香水味。聽說他們穿的衣服都是
名牌，當他們的小孩一定很幸福，只可惜他們結婚很
久了，卻還沒有生孩子。

　　順著他們的腳步，我的鏡頭跟著他們進了樓梯間
和客廳，沒想到他們打開電燈後，牆壁竟然變成透明

的，沙發、電視、水族箱等清楚出現在我眼前。

潘媽媽換上舊兮兮的家居服，頭髮披散下來，臉上的妝彩沒了，好像彩虹變成黑白條紋；潘爸爸則扯下他的假髮，扔在沙發上……我覺得怪怪的，不自覺的縮回身體，不打算看下去。

誰知道，潘媽媽卻雙手插腰，開始跟潘爸爸對罵。即使相隔那麼遠，我還是聽得到他們互罵粗話、髒話，實在好恐怖！最後，兩個人幾乎打起架，潘爸爸突然衝出客廳，潘媽媽則朝著他的背影丟拖鞋和手機！

我嚇得心臟都快跳出來，趕緊拍拍胸脯，並反覆檢查手中的望遠鏡──奇怪，它怎會變成魔鏡，讓遠方景物好像近在眼前般清楚？我不禁打起哆嗦。

原來，爸爸沒有騙我。

當我羨慕住在豪宅的廖小塘，常常有不同的電動

玩具，還可以出國旅行時，爸爸就說過：「每戶人家都有他們的後巷，後巷裡有許多見不得人的東西，就像掀起水溝蓋一樣，會讓你大吃一驚。」

果然，潘爸爸和潘媽媽不像外表般光鮮亮麗，有時候保持一點距離還是好的。

於是，我在周記上寫道：

我寧願是一個窮人家的小孩，過著真實快樂的生活，也不願意做一個有錢人家的小孩，過著虛假冰冷的生活。

反覆讀了幾遍，我覺得自己寫的句子真有點哲學家的味道。老師就曾經問過我：「幻幻，你平常到底都讀什麼書？」

我最近讀的是《破解古文明密碼》、《家有老狗有多好？》、《香奈兒：火與冰的女人》等，反正二手書店送什麼書，我就看什麼書。

毛愛國曾念過我：「幻幻，你應該看我的漫畫書，不要看那些大人的書。不然，你說話好奇怪喔，我有時候都聽不懂。」

莫非就是因為這樣，大家認為我人小鬼大，所以不跟我做朋友？算了、算了，我拍拍頭，不想煩惱這些事，只想做自己，這樣比較快樂。

＊　　＊　　＊

為了增加周記以及跟毛愛國炫耀的素材，我幾乎每天都帶著望遠鏡四處溜達，東看看、西瞧瞧，想要捕捉漏網鏡頭，尤其是日本餐廳，它是我最近的首要目標。

因為我看過一本書描寫，當年日本人投降時匆忙撤退，很多財寶帶不走，就藏在深山裡，例如天母附

近的陽明山，據說埋藏了大批珠寶。

　　還有一篇關於天母的報導說，天母的異國餐廳最多，排名第一的就是義大利餐廳，其次是日本料理店。我想，這些日本餐廳很可能只是障眼法，其實是日本人的情報站。

　　我可不是隨便亂說的，我前幾天特別注意到，有些人會在廣島蛋糕店前，神祕兮兮的交換物品，而且只要我靠近，他們隨即分頭走掉，好像做了什麼虧心事。

　　我立刻撥打電視台的「爆料專線」，提供這條情報給他們，請他們抓間諜，可是，我連續看了幾天電視，都沒有報導這則新聞。我只好再打電話詢問電視台，「爆料專線」的工作人員說是我誤會了，那些人是在網路上買東西，約好在廣島蛋糕店前交貨。

　　他們不是間諜？這怎麼可能！我今天用望遠鏡追

蹤一位在日本餐廳工作的叔叔，他穿過天母東路，走到東山路，接著突然從望遠鏡裡消失了——我猜，那附近一定有他們的祕密基地。

我不需要大費脣舌，對於尋找日本人祕密基地很感興趣的毛愛國，立刻點頭說要加入探險隊，還幫我約了媽媽開花店的詹怡如、爸爸開水果店的趙華亭，一起壯膽。

因為是秋天，雖然路燈已經一盞盞亮起，黃昏的東山路還是有些陰暗可怕，況且住家又不多。上坡路走沒多遠，趙華亭就喘著氣說：「我、我怕蛇跑出來，我要……回家……」

「你爬不動就說爬不動，膽子小就說膽子小，又不是夏天，不會有蛇啦！」不等我開口，詹怡如率先戳破趙華亭的藉口。

這下子，趙華亭反而不好意思退卻，況且，如果

獨自一個人走下山，那更可怕。

靠近竹林時，一陣風吹過，窸窸窣窣的，毛愛國猛然跳了起來，大喊：「有蛇！」

趙華亭嚇得大哭，「我要回家啦！我不要探險了！嗚……」

我「噓」了他一聲，接著說：「拜託你，不要哭，你會把間諜嚇跑啦！他上次就是在竹林前消失的，他的祕密基地一定藏在竹林裡。走啦！你們跟著我，小聲一點，謎底就快揭曉了。明天電視台會播這條大新聞，你們會比王建民還有名！」

「我不想出名，我只想分寶藏，不要讓我媽媽繼續過苦日子。」毛愛國悄悄的說。

突然，眼前衝出一隻大狼狗，幾乎要撲到我身上，我閃避不及，跌倒在地。一位叔叔走過來喝止狼狗，牠有口臭的大嘴巴離我的鼻子只有幾公分距離，

還淌著口水，好噁心。

「你們有什麼事嗎？」叔叔操著不太標準的國語問我們，我這才看清楚他就是在日本餐廳工作的那位叔叔。

趙華亭深怕被狼狗咬，竟然出賣我，「是她，是梁幻幻！她說這裡是日本人的祕密基地！」

「哈哈！」日本叔叔笑得好大聲，指著他身後的兩層樓洋房，「這裡是我家，你們要進來參觀？」

我爬起來，拍拍身上的泥巴，正想點頭答應，趙華亭卻大叫：「不要！不要！」他簡直嚇壞了，拚命往後退。

就這樣，我們草草結束探險之旅。一路上，大家的步伐都很快，沒有多說話，我擔心好不容易跟我做朋友的詹怡如和趙華亭從此離我更遠，詹怡如卻突然打破沉默，「幻幻，如果你以後還有其他的探險行

動，不要忘了通知我。」

「啊？你還敢參加？」趙華亭拉住詹怡如。

「你不參加就算了，我才不會因為一次小小的失敗，就放棄美好的未來。」詹怡如笑著說。

毛愛國卻搖搖頭，「糟糕，又多了一個腦袋燒壞掉的怪小孩！」

＊　　＊　　＊

幸好我的望遠鏡沒有遺失，也沒有摔壞，我將它放在窗台上，把心收回來，先吃飯、寫功課。

可是，我始終無法專心，窗外好像有什麼東西一直呼喚我。我擱下筆，轉身趴在窗台上，拿起神祕的望遠鏡。

我繞著小公園轉了一圈，公園裡跳舞的阿姨和說

故事的爺爺都不在，沒看到什麼特別的東西。當我正想回到課本上，只見一輛神氣的黑色賓士車靠近公園，一個男生和女生接續走下車，兩人抱得好緊，就像無尾熊抱著尤加利樹，讓很久沒有媽媽抱的我看不下去。

突然，女生推開男生，衝進一幢大樓裡。進了二樓，她家客廳的燈隨之一亮，牆壁立刻變得透明，我這才看清楚她是在飛機上工作的漂亮阿姨。她在客廳裡走來走去，打手機跟朋友抱怨，邊生氣邊哭泣。

她好可憐啊！我聽毛媽媽說過，這位阿姨愛上別人的丈夫，住在那個男人為她買的房子裡，她很想變成他的太太，他卻不答應，於是他們常常吵架。

「活該，誰教她搶別人的老公！」這是毛媽媽的結論。

奇怪，搶劫不是要坐牢嗎？為什麼漂亮阿姨搶別

人的丈夫，卻不會被關起來？

　　我決定先去洗澡，讓她哭個痛快，「哭完就好了」，這是毛愛國常跟他媽媽說的話。

　　沒想到，當我洗完澡，用毛巾擦著溼頭髮時，看到漂亮阿姨的客廳燈還亮著，卻不見她的人影。我覺得有些奇怪，拿起望遠鏡仔細搜尋──天哪！這是怎麼回事？漂亮阿姨竟倒在沙發旁的地板上，她是喝醉了還是自殺？

　　我又看了一會兒，漂亮阿姨一動也不動，我卻彷彿聽到她在心裡啜泣，一聲比一聲大：「你為什麼要離開我？你為什麼不跟我結婚？我要讓你後悔……」

　　我連忙打119報案，接電話的人聽到我的聲音，卻很生氣的罵我：「小妹妹，不要亂開玩笑！」

　　「你們再不來，她就會死掉，你們也會被電視報出來！」我只好這麼說，眼睛持續盯著望遠鏡的另一

端，深怕漂亮阿姨突然爬起來，那我不就完了？到時不但會被警察罵，還會被爸爸禁足，並且沒收望遠鏡。

救護車的警笛聲接近了，我在樓下指給他們看是哪戶人家需要急救，爸爸正好回來，他問我：「你又在當小偵探啦？」

我簡單的敘述著，看見漂亮阿姨被擔架抬下來，送上救護車載走。我抬起頭問爸爸：「阿姨會死掉嗎？」

「不會，上帝會保護她，所以才派了你這個天使來救她啊！」爸爸拍拍我的頭。

不過，才剛走進家門，爸爸冷不防的問我：「幻幻，你怎麼知道那個阿姨自殺了？」

我「啊啊啊」了半天，爸爸恍然大悟，「望遠鏡，對不對？雖然你做了好事，可是，偷窺別人是不

對的。如果是觀察在騎樓下做窩的燕子就可以。」

「那也是在偷窺小鳥啊！為什麼看鳥可以，看人就不可以？」

爸爸被我問倒了，不停抓頭。我不想為難爸爸，主動說：「爸，你放心，我會把望遠鏡收起來，不再偷窺了。」因為望遠鏡讓我看到太多我不想看到的事情。

＊　　＊　　＊

過了幾天，當我快要忘記望遠鏡，開始尋找下一個讓我歡喜讓我憂的新玩意時，我家的門鈴響了。那個自殺獲救的漂亮阿姨站在門外，拎著一盒廣島蛋糕，問我：「你叫幻幻，對嗎？」

我嚇死了，心想：她是來找我算帳的嗎？因為她

發現我偷窺她？

　　未料，她卻笑咪咪的說：「我聽里長說，你是天母東路的奇幻少女，常有一些奇特的想法，也帶給很多人歡樂。我是特地來謝謝你為我打了求救電話。在醫院的這幾天，我想了很多，決定不要為一個不愛我的人死掉，要為自己好好活下去。」

　　望著漂亮阿姨的身影在長廊上漸漸走遠，她又準備飛到別的國家，那是一個望遠鏡看不到的地方；但我相信，不管她飛到哪裡，都可以找到自己的快樂。

圍牆上的小天使

　　天母東路和忠誠路交叉口的百貨公司打烊後，附近的霓虹燈、招牌跟著逐一熄滅，天母也變得黯淡下來。人們紛紛準備休息，卻是我夜遊天母的開場時刻。

　　爸爸還在開著可愛的小黃，為生計打拚，寫完功課的我閒著無聊，又不想打電玩或上網，只好外出逛逛，去發掘天母的新大陸。

　　忠誠路的欒樹，正值黃花盛開的時節，秋風吹起，飄落一地，好浪漫啊！這是天母人最喜歡的一條街，他們說它很像歐洲，天堂是否就是這幅景象？

　　爸爸曾經說過，天堂是一座用黃金打造的城市，街道的石頭都是一塊塊寶石、翠玉，再美麗輝煌的皇宮，都比不上天堂的億萬分之一。而且，天堂裡的食物多得不得了，想吃多少就吃多少。

　　「如果天堂那麼好，我們乾脆早點去算了，天天考試很煩耶！」我當時這樣跟爸爸說。

　　爸爸卻搖搖頭，「幻幻啊，天堂不是說去就可以去的，必須等到上帝叫你去才行；否則，你會找不到天堂的大門。」

　　因此，我只好放棄提早去天堂的想法。

　　誠品書店門口的幾張鐵椅，現在已是人去「椅」空，我緩緩坐下，隱隱覺得好孤單。

　　我曾經邀毛愛國一起夜遊，他卻說他要睡覺，因為多睡覺可以增胖。怪不得爸爸這麼胖，每次車開到一半，只要剛好經過我家，他絕對會回家睡午覺。

我托著腮，望著櫥窗裡穿著流行服飾的模特兒，心想：他們整天這樣站著，不累嗎？尤其是穿牛仔裝、戴牛仔帽的小模特兒，他應該還不到10歲，終於，我忍不住對他說：「你會不會很無聊？只能待在櫥窗裡。」

　　小模特兒竟然對我眨眨眼，兩手一攤，換了一個姿勢。

　　我揉揉眼，懷疑是自己眼花，不然假模特兒怎麼會動？我看看四周，沒有別人，再看看小模特兒，他已經不在櫥窗裡。想到可怕的鬼娃娃電影，我拔腿就跑，一直跑到天福公園。

　　當我正在喘氣，竟意外看到湖王子晃過去。雖然夜裡光線不佳，我卻很確定就是他，因為他穿的衣服跟那天幫忙我爬出池塘時是一樣的。

　　我立刻轉移目標，小跑步緊跟著湖王子，想看看

他住在哪裡。

　　到了恩恩育幼院的圍牆邊，只見湖王子踩著鐵門的鐵條，斜著身體攀住牆頭，用力一撐翻牆進去，動作十分熟練。難道他是小偷？

　　育幼院已經要靠別人救濟幫助，他竟然還想偷他們的東西，實在太可惡了，我一定要警告育幼院裡的人。可是，我崇拜、愛慕的湖王子，怎麼可能會是小偷呢？

　　當我猶豫不決時，卻看見櫥窗裡的小牛仔竟然坐在圍牆上，背靠著鐵門上方的金屬十字架，跟我招手。

　　真是嚇死我了！顧不得追究湖王子是不是小偷，我轉身要跑，小牛仔卻開口叫住我：「幻幻，不要怕，我是小天使。」

　　他知道我的名字？實在太神奇了。我突然想起會

說話的大頭鵝、在馬桶裡復活的孔雀魚，因此遇見小天使，似乎不值得大驚小怪吧？只是，他為什麼在這時候現身？難道他有什麼任務？

我快速轉身，急忙問他：「你來幹什麼？你要帶我去天堂嗎？雖然天堂很好，可是我現在不想去，因為我不能丟下爸爸，我要照顧他。」

「你不要緊張，我不會害你的。你是不是想進育幼院？我可以幫你開門喔！」

「只要你能開門，我就相信你是小天使。」話才剛說完，緊閉的鐵門竟緩緩開啟，露出一條縫，足夠我擠進去。我才踏進育幼院，圍牆上的小天使就不見了。

雖然我經常在天母四處探險，卻不曾進過育幼院的樓房裡，因為爸爸不准我來，他說：「那是育幼院，又不是博物館或遊樂場，你幹麼要去參觀？」

　　我平常在牆外看到育幼院的樓房、小教堂、籃球場和成蔭的綠樹，已經覺得它比天福公園還大；我萬萬沒想到在樹蔭深處，還有好幾棟比較矮舊的房子，牆壁都是用水泥糊的，旁邊則堆著廢棄家具。

　　此時此刻，每個房間都熄燈了，分外寧靜。我東轉西轉，彷彿走進迷宮裡，正想趕緊離開，卻撞上湖王子。

　　「你真的是小偷？」我驚呼出聲。

　　他立刻反駁：「我住在這裡，你才是小偷！」

　　原來，湖王子住在育幼院，不住在湖裡。他說：「我不喜歡人家知道我是育幼院的院童，所以才沒告訴你我住在這裡。」

　　「我爸也曾經是這裡的院童，你跟我等於是親戚，告訴我有什麼關係？」湖王子突然變成我的家人，我覺得好親切，關心的問：「這麼晚了，你為什

麼不睡覺？」

「我想家，所以睡不著，只好偷偷跑出去散散心。」

「你家在哪裡？」我跟他一起坐在大樹下的石椅上，聽他說故事。

他媽媽過世後，到處打零工的爸爸只好把他送到育幼院，湖王子卻哭著不想離開爸爸。他還補充說：「那時的我只有10歲。」

「那我們算是同病相憐，因為我媽媽也是在我10歲時離開我的。」

他爸爸還答應他，只要賺夠了錢，一定接他回家團圓；可是，湖王子從小五一直等到高中，他爸爸卻一次次失約。

「為什麼呢？你爸爸希望買大房子給你住嗎？」

「我爸爸愛賭博，好不容易存下來的錢都被他賭

光了，沒有錢帶我回家。」

「其實住在這裡也不錯啊！又大又漂亮，還有好多樹木，跟皇宮一樣。我在我家都是睡沙發，因為只有一間臥室，要給我爸爸睡。」

「即使要我跟爸爸擠一個房間我也願意，我真的好想家……」說著，湖王子哭了起來，害我也想哭了。

「我還以為你們住在這裡很幸福，我每天經過時都會往裡面偷看，羨慕得直流口水呢！」

湖王子嘆了口氣，「唉，那只是表面的假象。住在育幼院的每個人，都有自己的傷心故事，有誰真正了解我們？所以，我很不快樂。你知道什麼叫作快樂、什麼叫作不快樂嗎？」

「我知道。我媽媽離家出走，我不快樂；不過，我還有爸爸，所以我快樂。」

「我真的很羨慕你，你雖然那麼小，卻比我更懂得快樂。」

時間不早了，我再不回家，爸爸就要報警了。走到鐵門前，我突然想起來，問他：「你叫什麼名字？」

「我叫胡思齊，你可以叫我胡哥哥。」

我從虛掩的鐵門走出去，再回頭看，胡哥哥已經不見了，倒是牛仔小天使還坐在牆頭上，笑咪咪的問我：「怎麼樣？你的探險有趣嗎？」

「你是小天使，你應該都知道，幹麼問我？」我不想理他，獨自跑回家。不知道為什麼，我突然好想爸爸喔！

＊　　＊　　＊

　　星期天早晨，我破例起得很早，在育幼院附近晃啊晃的，希望遇見胡哥哥。雖然鐵門是打開的，我還是不敢自己走進去。

　　上帝真是愛我，胡哥哥恰好走到圍牆邊撿拾滾落的籃球，我連忙叫住他：「喂！湖王子。」

　　他抬起頭，抹去臉上的汗珠，驚訝的說：「咦？是你。你剛才叫我什麼？不要亂叫啦！你是不是漫畫看太多了？什麼湖王子的。」

　　「好嘛，對不起啦！胡哥哥。」

　　「你要不要進來玩？等一下大人做完禮拜，樹底下會準備點心；或者，你想看我打球？」我不想讓別人覺得我很貪吃，就說：「我還是看你打球好了。」

　　胡哥哥的球技真不是蓋的，抄球、運球和上籃的姿勢都很帥，可能是育幼院裡的籃球場，讓他可以天天練球。

我坐在台階上，不停為他鼓掌，其餘的院童則嘲笑胡哥哥，「喂！思齊，你有粉絲囉！」

　　「嘿嘿！」胡哥哥傻笑幾聲，拍了一下籃球，接著回身躍起投籃，「唰」的一聲，進了空心球。他剛要落地，重心不穩，整個人摔在地上。

　　大家以為他在開玩笑，紛紛笑他：「思齊，別裝了，快起來。」

　　沒想到，胡哥哥卻哀哀叫著：「好痛，好痛！我的腿好像斷了！」

　　怎麼可能？只是投籃而已就摔斷腿，實在太誇張了。育幼院的老師趕過來幫胡哥哥做了檢查，卻皺起眉頭說：「思齊的腿好像真的斷了，趕快打119，把他送到醫院。」

　　因為醫院很近，救護車很快就到了，救護人員連忙將胡哥哥抬上救護車，我乘機跟他豎起大拇指，

「你要加油喔！」

　　我真的很想跟去醫院，可是，我已經瞞著爸爸到育幼院，如果他起床時找不到我，我準會挨罵，所以只好回家安靜等待。

　　爸爸起床後，伸了個懶腰問我：「中午想吃什麼？去百貨公司的小吃街好不好？」

　　如果是平常，我一定又跳又叫，大喊「萬歲」，然後摟著爸爸的脖子說：「你是我的巧克力，你是我的孔雀魚。」可是，現在的我毫無胃口，只是低垂著頭，彷彿垂死的天鵝，等待王子出現。

　　爸爸摸摸我的頭，說：「天氣太熱，沒有胃口，是不是？我去買珍珠奶茶給你喝。」

　　我沒有回應，只在心底默默祈禱，希望胡哥哥沒事才好。

＊　　＊　　＊

　　牽腸掛肚一整天，直到爸爸出門開計程車，我決定去育幼院打聽情況。正準備按響門鈴，牛仔小天使又出現在圍牆上，靠著十字架發呆。

　　小天使看起來很不快樂，也就是說，他很憂愁。但天使怎麼會憂愁呢？我很納悶，於是問他：「是不是我惹你生氣了？」

　　小天使輕輕搖頭，「我在擔心你的胡哥哥，他有生命危險了。」

　　「你騙我，他只不過是腿斷了，把骨頭接起來就好啦！」

　　「我沒騙你，他真的很危險。」

「你是天使，你可以救他啊！」

「我不能救他，一切都要靠你了，你去醫院看看他吧！」小天使說完後，又不見了。我不明白他是什麼意思，但我還是想辦法搭車到醫院，找到胡哥哥的病房。

推開門，只見胡哥哥哭得好傷心，好多人在安慰他。我悄悄問旁邊的院童，到底怎麼回事？

「醫生說，思齊得了骨癌，也就是骨頭得了很可怕的疾病，必須把腿鋸掉，否則他會有生命危險。」

胡哥哥哭著說：「我不想活了！要把我的腿鋸掉，還不如讓我死了算了！」

「不行啊！自殺的人找不到天堂的門，沒辦法進去的。」我忍不住告訴胡哥哥，卻突然領悟到，難道牛仔小天使是來帶胡哥哥去天堂的？

我氣呼呼的回到育幼院，卻發現小天使不在圍牆

上。我放聲大喊：「小天使，你出來！你不要故意耍神祕，跟我捉迷藏！」

小天使又出現了，但臉上還是沒有笑容，「你不要喊得那麼大聲，如果被鄰居發現，我就要閃人了，你也沒機會救胡哥哥了。」

「要怎麼救？」我才12歲，沒有錢，也不是醫生，能有什麼辦法？

「你再想想看，胡哥哥跟你說過什麼話？」

胡爸爸！對了，胡哥哥一直很想回家跟爸爸團圓，只有他的爸爸能夠激勵他，給他力量吧！

我決定寫信給胡爸爸，請他以最快速度來看胡哥哥。我在信上這樣寫著：

醫生說胡哥哥可能得了骨癌，不但要把腿鋸掉，生命也有危險，你再不來，可能就永遠見不到他了。他說他很愛你，只想跟你團圓，請你不要讓他失望。

　　寄出了限時信，焦慮的期待著胡爸爸出現，每天放學都拖著毛愛國跟我一起去醫院。

　　意外的，這天當我推開病房門，竟聽到胡哥哥的笑聲。探頭進去，只見他的床邊站著一位面色黝黑的叔叔。原來胡爸爸出現了。

　　胡哥哥看到我，眼眶含淚的對我說：「幻幻，謝謝你寫信給我爸爸，他說等我的腿動完手術，就要帶我回家。」

　　「可是，你的腿不是要鋸掉嗎？」

　　「奇蹟出現了，醫生說要再觀察，可能不是骨癌。」

　　我真是太高興了，他的腿可以不用鋸掉，又可以和他的爸爸重逢。

　　回家路上，我忙著跟毛愛國敘述這幾天的遭遇，他懊惱的說：「我下次一定要跟你去，每次我沒去，

你都會有奇遇。」

　　就在這時，我看到小天使坐在圍牆上，笑嘻嘻的跟我招手，「我要回家了，這裡已經沒有我的事了。」

　　我以最快的速度衝向誠品書店前的小廣場，果然，因為換季的緣故，櫥窗裡的小牛仔已經不見了。

　　小天使真的是來接胡哥哥的嗎？可能是看到他們父子情深，所以不忍心帶走他吧！

　　一陣風吹過，我這才發現，欒樹已經長出黃褐色的莢果，秋天即將結束，冬天快要來臨。但是我知道，胡哥哥的春天，才正要開始。

豆花奶奶
與臭豆腐奶奶

發國語考卷的時候，老師非常生氣的問全班同學：「學生的本分是什麼？」

這是老師經常耳提面命的問題，我們當然知道答案，所以大家很快回答：「努力用功讀書。」

「可是，為什麼有些同學把老師的話當作礦溪的水，流過去就無影無蹤？這麼簡單的題目竟然考不及格，連自己國家的文字都不會寫……唉！」

老師的氣憤我能了解，他既不能處罰或辱罵學生

（因為擔心被家長控告），又不能不表達憂心與關切，只好加重語氣，提醒我們要用功讀書。

當我到前面領取考卷，老師特別跟我說：「梁幻幻，你還在天天夢遊嗎？」

我聽出老師的弦外之音，連忙打開考卷，查看上方的分數統計表格——果然，全班最低分的就是我。

我聳聳肩，沒有特別難過，心想：分數總是有高有低，我又不是沒考過100分，下次再用功就好了。

走回座位，隔壁的吳芬蘭知道我的分數後，問我：「梁幻幻，你怎麼不覺得丟臉，還笑得這麼開心？」

我很神氣的說：「我是今天的英雄，因為我犧牲小我，完成大我——這樣一來，你們就不會是最後一名啦！反正我爸不會打我，我又不像你們一樣，考壞了就沒有好日子過。」

　　回家的路上，我把這件事當笑話，說給毛愛國聽，沒想到，他竟然說：「幻幻，老師會不會認為你沒有羞恥心，以後就放棄你了？」

　　「才不會，老師平淡無聊的生活，還要靠我添加趣味呢！你想想看，如果全班都考100分、每個人都是第一名，不就像一堆複製人在上課嗎？那多恐怖。」

　　毛愛國勉強同意我的觀點，「好像有點道理。我們走快一點，今天我奶奶要來我家。」

　　「你奶奶？你爸爸的媽媽？」

　　「不是啦！是我媽媽的媽媽。我爸跟別人跑了，我媽覺得奶奶沒把他教好，所以不讓我稱

呼祖母為『奶奶』，要我改叫外婆為『奶奶』。她今天會帶很多好吃的東西給我吃。」

我好羨慕別人有奶奶，不管是外婆或祖母都好。因為我爸是孤兒，不曉得爺爺奶奶在哪裡，加上我媽不見了，外公外婆也就沒聯絡，我只能跟爸爸這唯一的親人相依為命。

不過，這件事難不倒想像力豐富的我。天母東路充滿異國餐飲，小吃店和小吃攤都不少，只要有點年紀、對我很照顧的老闆娘，我就叫她們「奶奶」，所以，這裡有各種奶奶，像米粉湯奶奶、甘蔗雞奶奶、饅頭奶奶、水果奶奶、泡麵奶奶……其中讓我印象最深刻的，就是豆花奶奶和臭豆腐奶奶。

豆花奶奶長得胖胖的，好像剛出爐的牛奶饅頭。即使滿頭花白，她也不趕時髦燙染，讓髮絲隨風飄舞，在陽光下閃閃發亮。

　　她對人很親切，見人就笑，不管買不買豆花，都會跟我們打招呼。

　　她的小推車就停在傳統市場入口──這個傳統市場已有30幾年歷史，在天母的知名度很高，連電視台都來採訪。豆花奶奶很有商業頭腦，懂得挑選最佳位置，如同漁夫打魚，總是把網撒在魚最多的地方。

　　我原先沒注意到她的存在，畢竟我不愛吃豆類食品，相對的，對豆花也不感興趣。但有天早上，我因為感冒躺在床上，沒有胃口，什麼都不想吃，爸爸幫我買了一碗豆花，說：「幻幻啊！爸爸知道你不愛吃豆花，你就挑上面的粉圓吃，剩下的留給爸爸。」

　　不知道為什麼，可能是爸爸生意做到一半，還特地買東西給我吃，或者白嫩嫩的豆花躺在糖水裡，看起來很可口，總之，我忍不住把粉圓和豆花一起吃下肚，沒想到口感還不錯。

爸爸看碗都空了，笑嘻嘻的說：「看吧，我不是說過了嗎？別排斥沒吃過的食物，這樣才有機會嘗到美食喔！」

後來我經常找機會，光顧豆花奶奶的攤子。

豆花奶奶是白天的奶奶，差不多到了中午，她就會收攤回家。雖然聽說她住在我家附近，但只要中午過後，我便不曾見過她，好像灰姑娘過了午夜12點就不見了，豆花奶奶則是中午12點便消失無蹤，我只能期待她第二天的出現。

我曾問過她：「豆花奶奶，這裡很多人喜歡吃你的豆花，你為什麼不賣久一點？」

她跟我擠擠眼睛，「吃不到才稀奇啊！我就是要吊他們的胃口，讓他們天天想念我的豆花。」

怪不得毛愛國跟我說：「我每次去跟我爸拿生活費時，他都會要我帶一碗豆花給他。」

　　毛爸爸會想念豆花，卻不想念毛愛國跟他媽媽，可見豆花奶奶的豆花確實很有魔力。

　　豆花奶奶的技術很好，動作很快，不管客人點幾碗豆花，她都俐落的用不鏽鋼鏟子削起薄薄的豆花，一層層擱進紙碗裡，加上糖水，然後問：「花生還是粉圓？」

　　每天重複同樣的動作，她都不會覺得厭煩，可是只要課文念第二遍，我就開始頭暈目眩，好想把課本丟到公園的印度橡膠樹上。

　　豆花奶奶說：「豆花可以帶給別人幸福的感覺。」所以，除非下雨或颳颱風，否則無論春夏秋冬，她每天都會準時出現。

　　我不曾看過她的兒女，只是聽說他們很有錢，她卻不喜歡跟孩子住在一起，寧願自己養活自己。

　　放暑假時，我突然發現豆花奶奶變老了，因為她

的頭髮更少，牙齒也掉了。當我趁著中午出門，想買一些便宜的蔬菜，順道吃碗豆花，豆花奶奶看到我，笑著露出空空的牙床說：「幻幻，都賣完了。」

她的聲音有點「漏風」，讓我覺得好笑。我想起爸爸說過耶穌把水變成酒的故事，覺得只要有信心，豆花一定也能從無變成有，於是非常堅定的說：「奶奶，你打開蓋子看看，裡面一定還有。」

當她掀開豆花桶的蓋子，我們兩個都嚇了一跳──裡面果然還有好多豆花！我不但吃了好大一碗，還加了滿滿的粉圓，直到我走得很遠了，仍然聽到豆花奶奶念念有詞：「奇怪，我明明賣完了，

怎麼還有……幻幻真是一個奇怪的小孩，會變魔術呢！」

臭豆腐奶奶跟豆花奶奶完全相反，她總是在黃昏後才出現。襯著夕陽，影子拉得好長，她緩緩推著車，從忠誠路走過來，好像跟豆花奶奶輪班似的。

臭豆腐奶奶的長相也跟豆花奶奶截然不同，她的身材乾乾瘦瘦的，彷彿炸臭豆腐時，連自己都一起下鍋了。她的皮膚是臭豆腐的黃褐色，稀疏頭髮緊貼在後腦勺上，經常油膩膩的，若要像豆花奶奶的白髮那般飛揚起來，是萬萬不可能的事。

她不多話，總是專心炸豆腐，不像豆花奶奶，很愛說笑話。

她也很有生意頭腦，總是把臭豆腐推車停在超商門口，當附近居民到超商買東西時，聞到臭豆腐的味道，就會順便光顧她的攤子。

　　據說，臭豆腐奶奶的祕方，是用臭水溝的水醃製臭豆腐，而且如果水溝裡有死老鼠，臭味更濃，效果更好。她就像天母東路的巫婆，每到半夜便騎著掃帚，循著臭味，找到吃過臭豆腐的人，把他們全部關在祕密基地。因此，要我吃她的臭豆腐，我死都不敢。

　　我日行一善的偷偷打電話到警察局告狀，要警察來抓她。我說：「你們如果不把賣臭豆腐的人抓走，那麼，天母東路的小孩都會被她騙走，就像吹笛人一樣。」

　　警察真的是人民保母，很快就騎著機車出現，在天福公園附近繞了一圈，吃了一盤臭豆腐，加了許多泡菜。他還對躲在超商旁的我說：「小妹妹，你要不要嘗嘗看？她的臭豆腐沒問題的。」

　　後來，我在便利商店東逛西逛時，聽到一位穿運

動服的外國人用中文說：「我很喜歡臭豆腐，自從上次來台北比賽，吃過臭豆腐後，天天想念……」

老外竟然愛吃臭豆腐？他們不是說臭豆腐很可怕，高踞噁心食物排行榜前幾名嗎？如果連老外都對臭豆腐情有獨鍾，膽大如梁幻幻我，怎麼可以落於人後？

在此同時，為了表示我誣告賣臭豆腐的人的歉意，我鼓足勇氣，走近臭豆腐攤子，小聲的跟她說：「我……我要一塊臭豆腐。」

「一客兩片。」她頭也沒抬。

「我是從爸爸給的晚餐錢裡省下來的，只買得起一片。」

她這才抬起頭來，看了我一眼，接著好像認識我似的輕輕點頭，把一片臭豆腐丟進鍋中，翻炸幾回後，她用剪刀剪成四小塊，繼續炸成金黃色，才逐一

放在塑膠袋裡，還加了許多泡菜。

用紅色塑膠繩綁住塑膠袋口時，她小聲的說：「裡面有一塊多的臭豆腐，因為炸壞了，所以送給你吃。」

我有點臉紅的跑開，直到回家打開塑膠袋，才發現她多送的臭豆腐根本是好的。我終於明白她的心其實是溫熱的，如同一口咬下的臭豆腐，流出一股溫熱汁液；也就從那天起，我不再叫她「賣臭豆腐的人」，而是「臭豆腐奶奶」。

臭豆腐奶奶的打烊時間不太一定，喜歡夜遊的我，有時在晚上11點，還會看到她孤單的身影；尤其是冬天的晚上，寒流過境，她瑟縮著脖子，仍堅持躲在騎樓下。

我好奇的問她：「天氣那麼冷，你為什麼不回家？如果我有錢，一定買光所有臭豆腐，你就可以回

家睡覺了。」

　　沒想到臭豆腐奶奶卻說：「有幾個住在附近的人上晚班，我擔心他們這麼晚回家，肚子餓了會買不到東西吃。」

　　真是感人哪！爸爸就是她所說的晚歸人士之一。以前我看到爸爸買臭豆腐回來，都會說：「爸，你不洗澡已經臭臭的，如果吃臭豆腐，那就更臭了，哪個女生會喜歡你？」

　　但我現在改口了，我會在爸爸快到家時，主動打他的手機說：「爸，我剛剛寫完功課，如果你要買宵夜，我想吃臭豆腐。」因為，這是我唯一可以回報臭豆腐奶奶的方法。

　　我的生活中，有了白天的豆花奶奶和夜晚的臭豆腐奶奶，多了幾許溫暖與快樂。但不知道什麼緣故，可能是天氣變冷了，或者豆花奶奶去探望兒女，她的

身影好久沒出現在市場口，我每天清晨都刻意繞道過去，卻依然沒看到她，即使是周末假日，也不見她的豆花攤。

我去問過里長爺爺，他告訴我：「豆花奶奶生病了。」

再過不久，臭豆腐奶奶和她的攤子也都不見了。莫非是臭臭的油煙熏人，她被樓上住戶告上法院嗎？還是她吸入過多油煙，導致罹患癌症？怪不得媽媽要離家出走，她大概就是為了避免燒菜時吸入過多油煙。

又等了好幾天，心急如焚的我再度跑去問里長爺爺，卻得知臭豆腐奶奶也生病的消息——今年寒流太多，兩位奶奶年紀大了，所以紛紛病倒。

我坐在客廳裡不想寫功課，也不想看電視，只是一直哭著說：「我要奶奶，我沒有奶奶了……」

　　提早收車躲避寒流的爸爸安慰我：「幻幻，不要哭了，她們又不是你真正的奶奶。」

　　毛愛國從隔壁跑過來跟我說：「我的奶奶借你好了，她做的滷肉飯我也分你吃。」

　　「我不要，我只要我的奶奶！」

　　我天天禱告，祈求上帝聽到我的心願，可是沒有用，里長爺爺忍痛告訴我：「幻幻啊！豆花奶奶已經走了，不會再回來了。」

　　我不相信，因為她沒有跟我告別，她只是想要休息久一點。

　　我在天福公園裡坐了好久，都快變成銅像，但是豆花奶奶沒有變成一隻鳥在印度橡膠樹上出現，也沒有變成胖天使在育幼院圍牆的十字架旁出現，她就像空氣一樣，蒸發掉了。

　　既然豆花奶奶無法復活，我把全部希望寄託在臭

豆腐奶奶身上，早也禱告、晚也禱告，走路禱告、睡覺也禱告，因為除此以外，我真的不知道還有什麼方法可以救她？

沒有人懂得我的傷痛，這兩位奶奶已經融入我的生活，變成生命的一部分，雖然不是家人，卻很像家人。

她們彷彿已變成天母的風景，永遠在這裡。雖然豆花奶奶走了好幾個月，她的身影卻還在市場口，花白頭髮仍然飄啊飄的，只要有人走過，就能聽到他們提起豆花奶奶和她親手製作的香甜豆花……

一天放學，我走到巷口，突然聞到一股熟悉的味道，臭臭的、香香的。我瘋狂的衝向便利超商，深怕慢了一秒，猜想的景物就會消失不見。

遠遠看見臭豆腐攤，我興奮到快昏倒，跑近一看，卻是一位瘦瘦的爺爺正在炸臭豆腐，不是臭豆腐

奶奶。

她不會回來了嗎？她也追隨豆花奶奶蹣跚的腳步，到天堂去了嗎？我垂頭喪氣的轉身，卻看見臭豆腐奶奶戴著口罩，緩緩從忠誠路走來。

「奶奶復活了！奶奶復活了！」我衝過去緊緊抱住她。

「幻幻，我喘不過氣了……」變得更瘦削的臭豆腐奶奶邊喘邊說。

我頓時結巴起來，「我……我要吃兩客……不！是三客臭豆腐！」

我實在太高興了，一直轉、一直轉，好像在剎那間，變成飛上天的燕子……

鬼屋的神祕鄰居

　　毛愛國實在很討厭，好朋友就是好朋友，他幹麼亂說話？

　　這幾天，電視播報兩家補習班的負責人，為了一位女老師吵來吵去，其中一位的大老婆又跳出來現身說法，看得我頭昏眼花，大家都在談論這則八卦。爸爸認為，這比電視劇還精采；隔壁的毛媽媽則說，天底下的男人都一樣色。

　　今天上學時，針對這則新聞，吳芬蘭說她以後不要結婚，因為男生好可怕，就像變色蜥蜴。

　　毛愛國跟吳芬蘭說：「又不是所有男生都這樣，

我就只喜歡一個人。」

吳芬蘭立刻豎起耳朵，問他：「是誰？你喜歡誰？」

沒想到，毛愛國竟然厚著臉皮說：「我只喜歡梁幻幻。我跟我媽說過，將來要跟幻幻結婚。」

好噁心！好恐怖！天底下怎會有這麼不要臉的男生？我氣得幾乎說不出話來，勉強擠出一句：「毛愛國，你不想活啦？我永遠都不要再見到你！」

不曉得上帝是不是聽到這句話，所以立刻實現我的心願──剛回到家不久，爸爸提著便當，進門就大喊：「幻幻，我跟你說一個好消息！」

「什麼好消息？」我邊走到廚房拿筷子，邊好奇的問爸爸。

「我先問你，你怕不怕死人？怕不怕鬼？」爸爸先賣關子。

「人都死了，又沒有呼吸也不會走動，有什麼好怕的？至於鬼嘛，老師說過，冤有頭、債有主，人又不是我害死的，跟我也沒什麼關係。」我聳聳肩，畢竟對於我這個喜歡夜遊的人來說，根本沒什麼好怕。

爸爸深吸一大口氣，說：「幻幻，我們要搬新家了，你就要有自己的房間了。」

「真的嗎？好棒喔！」但是高興不到兩秒鐘，我立刻想到：「萬一……萬一媽媽回來找不到我們，該怎麼辦？」

爸爸冷哼了一聲，說：「我就是不想讓她找到！誰教她要拋棄我們。」

聽到爸爸這麼說，我在沙發上跳來跳去，興奮大喊：「我終於不用睡沙發了！」可是不到十秒鐘，我又想起毛愛國——我要離開他了？

雖然我白天才說過希望他立刻消失，現在卻感傷

起來，畢竟我們從小就是鄰居，他已經像我的家人。

「爸，你是不是想躲避毛媽媽的糾纏？」我問爸爸。

「我老早就想換房子，才不是為了她。你明年要念國一了，若還繼續睡沙發，爸爸就太對不起你。天母的房子這麼貴，爸爸根本買不起；那棟房屋因為有些問題，賣了很久都賣不掉，最近屋主大降價，機會難得，只要你同意，我晚上就跟他們簽約。」爸爸摸摸我的頭說。

＊　　＊　　＊

決定搬家後，我每天放學都忙著整理東西。雖然我家不大，東西沒多少，但整理起來還是很辛苦。我把自己要帶走的裝一箱，不確定去留的裝一箱，等爸

爸決定。

　　我以為爸爸會把媽媽的物品全都丟掉，未料他只是翻一翻，說：「反正你在新家有自己的房間，只要你喜歡，可以全部留著。」

　　這表示爸爸對媽媽還是念念不忘嗎？

　　最麻煩的不是整理物品，而是毛愛國。他以為我生他的氣，所以決定搬家，三不五時就來按門鈴，可憐兮兮的說：「幻幻，你不要走，你走了，我就沒有朋友了。我跟你道歉，以後無論你叫我做什麼，就算是扮小狗，我都甘願。」

　　「毛愛國，你不要這樣啦！我又沒有怪你，以後也會常常回來看你的。」

　　「不要！我要像以前一樣，天天都能看到你。」他用腳擋住門口，不讓我關上。

　　「我還是跟你同班啊，你照樣可以天天看到

我。」

「我要我媽媽別喜歡你爸爸，這樣你們是不是就不會搬走了？求求你啦！我真的不能沒有你。」毛愛國難過得直跺腳。

我本來歡天喜地的準備搬家，被他這麼一攪和，也不禁百感交集，覺得這樣離開似乎是背叛好朋友。我的朋友本來就不多，失去他，我會很難過。

當毛愛國終於明白，我搬家是改變不了的事實，便提出最後的要求：「你要答應我一件事。」

為了補償他，我只好點頭允諾，誰知道他跟我打勾勾後，竟然說：「你要保證，不會喜歡上別的男生。」

啊？又是這種噁心的話，不過，反正我現在也沒有喜歡的男生，暫時先答應他吧！要不然，我會被他煩死。

　　搬家的前一天晚上，寫完功課後，我到天福公園獨坐。毛愛國家的燈光還亮著，我的眼角卻溼溼的，原來是不小心流淚了。

　　埋著「藍天白雲」的印度橡膠樹，被風吹得沙沙作響，落下好幾片葉子。氣溫有些低，只穿著單薄上衣的我，不禁打哆嗦，於是我蜷縮在滑梯上，邊躲避風寒，邊仰望天空。

　　星光很稀疏，就像媽媽離開的那天，我趴在窗口看到的天空。為什麼離別時，連星星也躲了起來？

　　就在這天晚上，我夢見媽媽，她不停呼喊我的名字，爸爸卻拉著我，愈走愈遠⋯⋯

*　　*　　*

　　周六早晨，搬家公司還沒抵達，我在屋裡繞來繞

去。小小的房間充滿爸爸媽媽和我的回憶，離開以後，媽媽的印象會不會變得更模糊了？

我摸著媽媽煮飯時習慣坐的高腳椅。每當她看食譜，總是喜歡不停轉動椅子；當她若有所思時，椅子就會靜止不動。我坐上椅子，轉啊轉的，好像媽媽回來了，廚房裡又傳來飯香似的。

爸爸不告訴我要搬去哪裡，他悄悄裝潢新家，想給我驚喜，還說：「你一定會喜歡。」

不管爸爸是真的不想見到媽媽或故意說假話，我都不願放棄她。記得電影演過，只要在屋裡藏線索，劇中人物就能按圖索驥，找到對方。於是，我寫了很多張紙條，藏在廚房牆壁的縫裡、馬桶水箱下的水管邊和電表箱內，還在搬不走的衣櫥內，寫上爸爸幫我辦的手機門號。

搬家時，我看到毛愛國躲在他家門後窺探，我沒

有叫他，因為怕他突然大哭，我會不知所措。

可是，就在爸爸鎖上門，我跟在他身後走向樓梯之際，我和毛愛國彷彿有心電感應，同時呼喊對方。雖然很肉麻，我還是跟他緊緊抱在一起，拍著他的背說：「以後如果有鄰居欺負你，你要堅強起來。」

毛愛國卻挺起胸膛說：「如果新鄰居欺負你，你一定要告訴我，我幫你報仇！」

我們的分離，好像反而讓他變得更勇敢。

大概是前一天太晚睡，我擠在搬家公司貨車上的家具間，忽然覺得好睏，晃啊晃的，就睡著了。

醒來時，我已經躺在新家的新床上，床單和窗簾都是我喜歡的貓頭鷹圖案——哇！我好像到了天堂，這不是作夢吧？

揉揉眼，爬下床，我找不到爸爸，只見一張紙條放在餐桌上，旁邊還有百元紙鈔。紙條上寫著：

「爸爸開計程車賺錢去了，樓下有一家牛肉麵店很好吃。」

這兒到底是哪裡呢？我從臥室的窗戶看出去，只看見防火巷；推開大門走出去，外面是長廊，好像我原來的家。沿著長廊走到盡頭，我發現這扇窗子竟然正對著恩恩育幼院的大門！

這就是爸爸的祕密，也是他給我的驚喜——他可以近距離護衛育幼院，免得育幼院被賣給財團蓋豪宅；而我們雖然搬了家，離原本的住處卻沒有幾步路。毛愛國知道後，一定覺得他白哭了好幾場。

更意外的是，這棟樓還住著隔壁班同學凌燕妮。她是我的死對頭，不但到處造謠說我媽媽離家是因為被爸爸逼瘋，放學後也常和男生一起拿石頭丟我，還罵我：「怪小孩！神經病，有毛病！你媽媽是大瘋子，你是小瘋子！」

　　當她說要來我家拜訪時，我就覺得她不懷好意，果然，她站在門口，朝屋裡看了幾眼，神祕兮兮的說：「你知道嗎？這間屋子曾經死過人，是凶宅！」她甚至誇張的縮起身子，裝作很害怕的樣子。

　　我聳聳肩，兩手一攤，毫不在乎的說：「我知道啊！我不怕。」

　　她又繼續危言聳聽：「它不只是凶宅，還是鬼屋！你大概不知道這棟房子鬧鬼吧？當你爸爸去開計程車，你自己一個人在家，那個鬼小孩就會跑出來……哇！即使你喊救命，我也不會救你的！」

　　說完，她扮個鬼臉，就轉身跑走了；但是想要嚇唬我，可沒這麼簡單。

　　我趴在臥室窗口，面對防火巷胡思亂想。我聽說過那個死去的小女孩，有人說她是自殺，有人說她是被傭人害死，更有人說她是得了怪病。不管怎樣，如

果真的有鬼，究竟長得什麼模樣？是活著或死去時的樣子？我要不要跟她說話？萬一她突然活過來怎麼辦？就像我養過的藍天白雲、孔雀魚和大頭鵝。如果上演復活戲碼，原來的屋主會不會感激我讓他女兒死而復生？

不行，這樣一來，大家就會知道我是天母東路的奇幻少女，不去三玉宮拜觀音和媽祖，也不到教堂拜上帝，反而每天來找我，我會累死……我愈想愈遠，還沒等到爸爸回家就睡著了。

醒來時，快餓翻的我嗅到煎蛋味道，馬上從床上跳起來，衝到廚房大喊：「爸，我要加醬油喔！」

「先去刷牙、洗臉吧！你昨天晚上沒有洗澡，對不對？哈！還敢笑我邋遢？這下被我逮到了吧！」

「好啦，准你一次不洗澡就睡覺。」我故意岔開話題，問他：「你為什麼搬到這麼近的地方？你不怕

媽媽找來嗎？」

「最危險的地方就是最安全的地方。」這是爸爸的回答。

大人很討厭，總覺得我們是小孩，就不肯說實話。爸爸的計程車門寫有他的姓名，而且大多停在天母東路附近，媽媽若回來，一定看得到。爸爸明明很想媽媽，希望她找上門來，卻不願意承認，我也不好意思拆穿。

吃完早餐，我不想這麼早寫功課或整理房間，於是決定敦親睦鄰，逐家逐戶拜訪，建立新關係，順便告訴大家，我爸很會修理電器，而且收費很低廉。

沒想到，那些鄰居聽到我們買下凶宅，紛紛露出不可思議的眼神，說：「啊？你們住那一間喔……那房子不乾淨，你們知道嗎？」

不用我主動詢問，鄰居們就繪聲繪影說起曾看到

的怪事，或曾聽到怪聲音。面對這些傳言，我很有禮貌的說：「教堂就在對面，十字架也正對著大樓，鬼不會來的。」

不過，這些鄰居非常另類，有人養老鷹、有人收容流浪狗、有人製作新娘禮服，還有人上網賣滷蛋、滷肉，周遭充斥著複雜的氣味。我相信，以後一定會發生各種奇怪事件。

因為這是天母的老舊大樓之一，所以油漆剝落、地磚翹起，尤其是頂樓，十分破舊。我在屋頂探險時，不小心被鐵條絆倒，發出很大的聲音，把在角落偷偷幽會的情侶嚇得半死。

我連忙向他們道歉：「我是新來的住戶，不是鬼，你們不要怕，繼續繼續！」

他們卻無法領會我的幽默，狠狠瞪我一眼，說：「討厭的小鬼，走開！」

＊　　＊　　＊

毛愛國聽說我搬得這麼近，吵著要來我家玩，又聽說這裡鬧鬼，熱心找來趙華亭和詹怡如，組成抓鬼大隊。

看到他們拎著一串大蒜、拿著一面鏡子，還有一條十字架項鍊，大搖大擺的走進我家，讓我笑痛了肚子，「你們以為我家有吸血鬼啊？拜託，還帶這些東西來！」

天色漸暗，陽台上突然傳來窸窸窣窣的聲音，趙華亭頭一個跳起來，大喊：「有鬼！」

詹怡如忍不住笑他，「你神經病啊？」

接著，「哐啷」一聲，窗台上有東西掉落，嚇得毛愛國躲到我身後，說：「幻幻，你……你去看一

下，是什麼東西？」

　　就連跟我一樣是「膽大一族」的詹怡如，也開始坐立不安，「幻幻，我要回家了，我家……快吃晚飯了。」

　　他們就這樣頭也不回的落荒而逃。我本來以為毛愛國變勇敢了，現在看來，他沒有我還是不行。

　　晚上拆箱整理衣物時，陽台上又傳來奇怪的聲音，彷彿有人走動。難道真的有鬼？如果我把鬼趕跑，說不定整棟大樓的住戶都會感激我，還放鞭炮歡迎我呢！

　　於是，我左手拿掃把，右手拿電蚊拍，躡手躡腳的繞過客廳，走向廚房。眼前黑影一晃，我以最快的速度，把電蚊拍和掃把一起丟向黑影，沒想到，竟聽見一聲「哎喲」——咦？鬼會講話嗎？

　　我立刻打開陽台燈，只見一個穿著髒兮兮夾克的

叔叔，抱頭蹲在地上……奇怪，這個鬼應該是小女孩啊？

「你是誰？你是鬼嗎？」我裝出一副很凶的樣子。

「對不起，我不是鬼！我不知道這裡有人住，我馬上走……」

原來，他是一名流浪漢，打聽到這裡是很少人會來的凶宅，每天晚上都從陽台外沒上鎖的防火梯爬進來睡覺，卻被大樓住戶誤以為是鬼。他萬萬沒想到，會被我逮個正著。

我看他挺可憐的，不但沒有找警察，還把爸爸的夾克送給他，打開門讓他光明正大的走出去。「以後這是我的家，你不可以再偷偷爬進來囉！」

他一直謝謝我，然後才衝下樓。

爸爸回家後，聽我轉述人「鬼」大戰的故事，就

摸著我的頭，說：「幻幻，你真是爸爸的幸運兒，我
們搬進這間沒鬧鬼的凶宅，算是賺到了。」

　　「鬼屋」歷險就這樣早早落幕，老實說，我還有
點失望呢！

別墅裡的傷心媽媽

　　爸爸經常駕駛計程車跑來跑去，他發現台北有許多風景優美的地方，不為人所知。每當有人批評台北俗不可耐、沒有文化、銅臭味十足時，他都會告訴我：「這些人不曾走遍台北，沒有資格批評台北。幻幻，爸爸為了生活，沒辦法帶你遊山玩水，你要自己想辦法發掘天母好玩的地方。」

　　原來爸爸繞了個大圈子，就是要告訴我天母擁有豐富的寶藏，我得自己發現其中的樂趣，不能整天吵著要他帶我出去玩。我知道爸爸很辛苦，尤其是最近剛買了房子。

每逢周末假日，我就會約毛愛國、詹怡如和趙華亭等「四人幫」成員，一起騎單車展開探險天母之旅。雖然放棄電視、漫畫跟電玩遊戲有點痛苦，可是我們找到許多有趣的地方，樂此不疲。其中，我們最喜歡的探險地點就是別墅區。

天母住著許多有錢人，早期在山坡上有很多獨門獨院的洋房或別墅，近幾年則在平地蓋了許多豪宅。豪宅警備森嚴，一般人無法靠近，但是別墅區因為位置高低不同，我們找到很多可以欣賞的角度。

這些路段包含許多上坡，可以挑戰腿力，所以成為我們「四人幫」爭奪老大的競賽項目。而且，每棟別墅的設計都很特別，運氣好的話，還能遇見住在裡面的大明星。

騎累了，我們就停在斜坡上喘氣、休息，俯望別墅裡的游泳池，水面上飄浮著幾片落葉。

　　趙華亭嘆了一口氣，說：「唉！像我爸這樣賣水果的人，一輩子也不可能住進那裡。上次我幫他送水果到其中一家別墅，裡面既漂亮又閃亮，我的眼睛都快張不開了。」

　　「那些住在裡面的女生就像公主，男生就像王子，我真的很羨慕。」詹怡如也說。

　　毛愛國卻澆她冷水，「這些公主會得公主病，也容易被綁票。」

　　「對啊！」我附和道：「我爸爸說過，以前就有殺人犯闖進去，威脅裡面的住戶，為了這件事，全國電視台都來天母做現場轉播，新聞鬧得很大。幸好屋裡的人用愛心感動殺人犯，才沒有出事。」

　　「哇！我怎麼不知道天母發生過這麼大的新聞？」詹怡如吐吐舌頭。

　　「總之，這裡離學校太遠，房子太大，打掃起來

也很辛苦，還是住在自己的家比較好。」我為別墅區探險下了結論。

趙華亭卻唱反調：「拜託，幻幻，你怎麼變笨了？他們都有汽車接送，根本不用走路，而且家裡也有傭人打掃，房子再大都不用擔心。」

大概是我們說話的聲音太大，驚動別墅裡的看門狗，牠不停對著我們狂吠。接著，穿著黑衣的叔叔衝過來，開口罵我們：「你們幾個小鬼在這裡鬼鬼祟祟做什麼？再不走，我要叫警察了！」

「馬路是大家走的，你為什麼這麼凶？」我忍不住反駁，這句話是跟爸爸學的。

毛愛國畢竟膽子小，拉拉我的外套說：「幻幻，走了啦！下次我們換個地方。」

詹怡如則不屑的說：「有錢人都這麼凶嗎？如果我以後變有錢，一定要很和藹可親。」

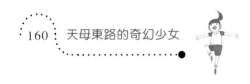

「真的嗎？到時你也會變得跟他們一樣吧！我媽媽說過，有錢人的驕傲跟長得漂亮的人的驕傲是一樣的。」毛愛國說了一段很有智慧的話。

看樣子，我還是不要當有錢人，因為做自己比較快樂。

*　　*　　*

這天晚上，爸爸比平常晚回家，當我正要上床睡覺，他敲敲房門問我：「幻幻，要不要聽故事啊？」

爸爸八成是又遇見奇怪的客人，想要跟我分享。看樣子，我應該把文筆練好，這樣就可以記錄他的故事，寫下《計程車司機駕著天母的夢》，說不定會變成暢銷書……啊！我又想遠了。我連忙收回思緒，打開門，聽爸爸訴說驚心動魄的遭遇。

「你知道我不喜歡載喝醉酒的人，因為怕他們吐在車裡，臭味久久不散。可是，我今晚在路邊看到一位穿得很氣派的太太，連站都站不穩，我擔心她遇到壞人，破例載她回家。她真的喝得很醉，連話都說不清楚，直到繞了好幾圈，才知道她就住在我們附近山上的豪宅。」

故事到此並沒有結束，原來這位闊太太跟丈夫吵架，帶著一堆珠寶首飾和美金、人民幣，獨自出門喝悶酒；她下車時，這些家當全留在爸爸的車上，忘了帶走。

「我看到包包，簡直嚇壞了，因為不少錢啊！但我很快就冷靜下來，決定把東西還給人家。開門見我的大概是她的先生，一直跟我道謝，並且堅持要送我一筆錢，可是我沒有收。他要我留下名片，還跟我說，以後只要叫計程車，一定會坐我的車。」

「爸，我以你為榮。」我摟住爸爸的脖子，親了他的臉頰一下，「好可惜喔！我都沒有看過真正的珠寶。」

「不是我們的東西，連看一眼都不要看，免得被誘惑。」爸爸摸摸我的頭，說：「等你以後結婚，爸爸一定會送一件你喜歡的珠寶。好了，去睡吧！」

夜裡，我翻來覆去，不停做著同樣的夢：我走進豪宅裡，在金碧輝煌中迷了路，因為我所看到的每件東西，包括桌椅、鏡子、櫥櫃、餐具等，全部都是金子做的！當我碰觸這些物品後，竟然從腳掌開始，變成金色的……

夢到這裡，我嚇醒了，大冬天裡，竟然渾身是汗。

誰知道沒隔幾天，我竟然有機會到別墅裡當客人，因為闊太太和闊先生堅持要請爸爸跟我吃飯。

　　他們家就像我的夢境一樣，金光閃閃，十分漂亮。不過，這屋子實在太大了，不知道會不會鬧鬼？電影裡吸血鬼住的房子都是這樣，明明看起來很豪華，入夜後卻是冷冰冰的。

　　闊先生不太說話，闊太太比較親切，還要我叫她「鍾媽媽」。

　　她告訴我每道菜的名字，我幾乎都不曾吃過，包括干貝、魚翅、鮑魚等。鍾媽媽一直問我好不好吃？我塞了滿嘴食物，不停點頭，也不忘誇獎她，「鍾媽媽，你好厲害，煮得這麼好吃！」

　　「那不是我煮的，是廚師煮的。你如果喜歡吃，可以常常來喔！」

　　「你們家的廚師這麼厲害，可以參加國際烹飪大賽，為國爭光啊！」

　　鍾媽媽笑了笑，鍾爸爸則在一旁說：「你不知道

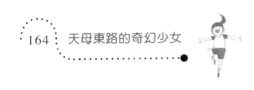

嗎？我們家的廚師已經得過許多大獎，還曾經擔任國宴主廚，是你鍾媽媽費盡千辛萬苦請來的。」

國宴？那我不是跟總統一樣偉大嗎？

吃飽後，我的腦袋才有機會空下來，仔細觀察周遭。為什麼他們家這麼冷清，沒有小孩？是生不出來嗎？還是小孩在國外？如果有小孩，他們說不定就不會吵架了。

我本來想提出問題，但在出門前，爸爸就警告再三，要我不可以亂說話，或者問一些無厘頭的問題。

倒是鍾媽媽問了我很多問題，包括我幾年級？喜歡什麼科目？念哪一所學校？

說話時，她一直盯著我看，害我以為自己臉上沾了飯粒，連忙用餐巾紙擦臉。鍾媽媽卻笑著跟她丈夫說：「真的好像，你說是不是？」

鍾爸爸點點頭，「是有點像，但你不要這樣看著

幻幻，她會嚇到的。」

「你們……有沒有小孩？」我忍不住還是問了，爸爸在桌底下用力踢我的腳，表示我問錯話了。可是，既然說出口，也來不及改變。

鍾媽媽輕輕嘆氣，說：「我本來有個女兒，她生了一場怪病後就走了，跟你差不多大，而且，你跟她長得有點像呢。」

原來，鍾媽媽很想念女兒，情緒變得不穩定，常常跟鍾爸爸吵架，要不然就是借酒澆愁。

「你以後可以常常來我家，陪我聊聊天嗎？」鍾媽媽問我。

爸爸搶先代我回答：「這樣打擾你們不太好意思，而且幻幻的功課很忙，加上我經常不在家，她必須看家……謝謝你們的好意，我們心領了。」

我也識趣的呼應爸爸，「對啊！我有好多功課要

做，每天還得煮飯給爸爸吃。」

不過，鍾媽媽卻持續關心我，常常請司機送好吃的東西到學校給我，像瑞士巧克力、法國糖果和日本魷魚絲。

我會把東西分送給同學，可是，竟然有人嘲笑我，說我喜歡跟有錢人在一起。我氣得大吼：「有錢人就不能做我們的朋友嗎？他們其實很值得同情，生活一點都不自由，到哪裡都有狗仔隊跟蹤！」

況且，爸爸說過，有錢人不會永遠有錢，金山銀山也有花完的一天，我們要在天堂累積財寶，由上帝保管，才不會被偷走。

＊　　＊　　＊

雖然爸爸總是說「金窩銀窩，都比不上自己的狗

窩」，我卻覺得金窩銀窩比狗窩舒服、漂亮多了。漸漸的，我好像中了蠱，開始羨慕有錢人。

鍾媽媽彷彿察覺我的轉變，特地請司機載她到我家樓下，送來很多衣服。我當然立刻拒絕：「鍾媽媽，我不能拿你的禮物；如果爸爸知道了，會打斷我的腿。」

「沒關係，我跟你爸爸說過了，這些都是我女兒的衣服，送給你和送給別人是一樣的。她已經不在了，請你穿上這些衣服，求求你，我就只有這個願望。」

鍾媽媽失去女兒已經夠可憐了，我如果還拒絕她，那就太殘忍了。況且，這些衣服都很漂亮，上頭不但有蝴蝶結、緞帶和蕾絲，甚至釘著亮片跟珠珠，就像公主穿的一樣。

之後，我每天穿不同的衣服上學，覺得自己好像

也變成公主，走路時不由得抬頭挺胸，儘管同學指指點點，我也不在乎。

詹怡如好生羨慕，問我：「幻幻，明天是我生日，你送我一件衣服好不好？」

「不行，這是鍾媽媽指定送給我的衣服，你不適合穿。」我用力搖頭。

「哼！你什麼時候變得這麼小氣？你說我們『四人幫』要有難同當、有福同享，一件衣服就考驗出我們的友情像豆腐般不堪一擊。」詹怡如氣呼呼的走開了。

爸爸雖然知道我喜歡這些衣服，剛開始都勸我退回去，但我趕緊撒嬌：「爸，我這輩子都沒有穿過這麼美麗的衣服，你讓我試一下嘛！我保證，只要再穿幾次，就會還給鍾媽媽。」

禁不住我的要求，爸爸才答應把衣服留下來。

　　不久，鍾媽媽約我到義大利餐廳吃義大利麵，她摸著我的頭髮說：「只要再留長一點，梳成辮子，就跟我家妙麗一模一樣了。」

　　「妙麗？你女兒嗎？」不曉得為什麼，聽到這個名字，我突然全身發冷。

　　跟鍾媽媽道別後，我逛回老家前面的天福公園，獨自盪鞦韆。毛愛國突然從後面叫我：「梁幻幻，你功課寫好了嗎？」

　　我緩緩回頭，沒想到毛愛國卻滿臉驚恐，指著我說：「幻幻，你的臉好奇怪，你是不是去整形了？」

　　「神經病！你胡說八道，我怎麼會去整形？」

　　「可是，你看起來好奇怪，好像是幻幻又不是幻幻。不然，你自己照鏡子看看。」

　　「哼！討厭，你根本是嫉妒我，走開！」我不想理他，就馬上跑回家。

　　一進房間，我忍不住拿出抽屜裡的鏡子，這一照，卻嚇得我幾乎握不住它——奇怪，裡面怎麼出現另外一個女孩？

　　我用袖子擦擦鏡面，深吸一口氣，然後再照一次——幸好，鏡子裡是我，不是別人。我拍拍胸口，真是嚇壞我了。

　　拉上窗簾，我打算脫下身上這件屬於妙麗的繡花毛衣，卻怎麼也脫不下來，毛衣好像緊緊卡住身體。我又叫又跳，衣服反而變得更緊，幾乎難以呼吸。

　　我趕忙打電話給毛愛國求救，雖然我之前對他的態度很惡劣，他還是找來詹怡如和趙華亭一起幫忙。最後，我們總算把毛衣脫下來。

　　毛愛國看著我好一會兒，然後說：「幻幻，你的臉又變回來了。」

　　這簡直是一齣驚恐電影。經過熱烈討論，我們

「四人幫」一致認為是鍾媽媽太想念妙麗，所以每當她抱著這些衣服，思念的淚水便一滴滴掉落，滲透進纖維裡，進而產生魔力，只要是穿上的人，就會被牢牢綑綁，再也逃不走，因為鍾媽媽不希望再失去女兒。

望著漂亮衣服一件件裝進紙袋，我還在猶豫不決，詹怡如卻跟我說：「幻幻，你自己大概沒感覺，自從你穿上妙麗的衣服，就變得好驕傲、好可怕，以前那個可愛的幻幻和經常說奇怪笑話的幻幻不見了。你不要再沉迷其中了，好嗎？難道你真的想變成妙麗，做鍾媽媽的女兒？」

即使我想做鍾媽媽的女兒，也不可能變成她真正的女兒。坐在客廳沙發上，我不由得感傷起來——鍾媽媽想念妙麗，卻看不到她；我媽媽隨時可以看到我，卻不來看我。這兩者相比，到底誰比較愛自己的

孩子呢？

　　擦乾眼淚，我做了決定，於是跟毛愛國他們說：「走吧！我們把衣服還給鍾媽媽，然後一起為她禱告，希望她很快可以再懷一個孩子。」

　　把衣服交給鍾家的管家後，我們「四人幫」就騎車離開別墅區，同時決定剔除這條探險之路。

＊　　＊　　＊

　　某個寒流過境的周末早晨，我從熟悉的夢中驚醒，因為我又夢見了鍾媽媽。我突然很想念她，於是瞞著毛愛國，悄悄騎單車晃到別墅區。

　　站在山坡上，一陣冷風吹過，讓我直打哆嗦，正準備騎下山坡，只見鍾媽媽的身影在花園裡出現，她挺著微凸的肚子，剛要踏上汽車。

　　我眼眶一熱，淚水奪眶而出──鍾媽媽，真的懷孕了。

　　謝謝老天，謝謝上帝，祂聽到我們的禱告，讓鍾媽媽再度擁有一個孩子──一個真正屬於她的孩子。

天上的
理髮師要上天

當我在MSN遇見網路上的朋友，他們知道我住在天母，都會好奇的問我，「天母什麼最多？」

為了回答這個問題，我利用無數個星期假日，騎著自行車到處遛達，終於發現天母好像什麼都多，自成一個小型生活圈。

銀行多。天母人好像真的很有錢（當然我家除外），我常常在街上看到雙B轎車，或是長得很炫的跑車呼嘯而過。

　　餐廳多。異國餐廳一大堆，好像聯合國，尤其是早餐店特多，大概是天母人多數是上班族，沒時間自己煮飯。

　　公園多。除了兩座大公園，小公園多到數也數不清。可能是天母人重視休閒生活，加上天母的老人家也多，我常常看到外勞推著輪椅陪爺爺奶奶到公園散步。

　　按摩店多。或許是天母人太忙壓力大，需要紓解放鬆，就連我那向來節省的爸爸，開一趟長途車之後，也會去按摩腳底一番。

　　便利商店多。天母人好像不喜歡走太遠買東西，所以每條巷口都有便利商店，最高紀錄是一個巷口就有三家呢！

　　百貨公司多。很誇張吧！一條街就開了三家。我聽毛媽媽說，天母人喜歡在優閒的天母逛街，不喜歡

上擁擠的台北市中心。

美容院多。這簡直是令人難以想像，每次我經過美容院，裡面都坐著洗頭或燙髮的客人，而且常常是高朋滿座。莫非是天母人閒閒沒事幹，所以天天去洗頭？這樣不是會洗成禿頭？

不過，美容院雖多，對待客人的態度卻不同。

大多數的美容院收費都很貴，剪一次頭髮高達兩三千，我損失頭髮，還要付錢給他們，實在沒道理。所以這種店我進去問過價錢後，就會知難而退。

爸爸告訴我，因為天母的店租太貴，所以美髮的收費貴。這一點我還能體諒，最受不了的是其中一家英文招牌的美容院，門外的玻璃黑黑暗暗的，看不清楚裡面有什麼人。

我們四人幫只有趙華亭幫爸爸送水果進過店裡，他說，「幻幻，店裡面寫滿英文字，好像只歡迎外國

人，你如果進店裡跟他說國語，他搞不好會把你趕出來。」

「怎麼可能？你騙我，哪有台灣人歧視台灣人的。」趙華亭竟然想要唬我。

沒想到當我鼓足勇氣走進這家貼著反光玻璃的美容院，剛開口說「我要剪……」，「頭髮」兩個字尚未出口，裡面的人就板著一張臉用英文嘰嘰呱呱說了一段話，反正就是很凶啦！指著店門要我出去。

我實在太生氣了，回到家看到爸爸癱在沙發上看電視，就跟他抗議，「你怎麼可以容忍這種人住在天母？」

爸爸卻說，「那家店只做外國人生意，你跑進去胡鬧做什麼？」

啊？還是我理虧喔，真倒楣，兩邊挨罵。

不過，我覺得爸爸有點怪怪的，這不像喜好主持

正義的爸爸平常說話的口氣，他是不是開計程車時遇
見什麼壞客人，惹他生氣，所以提早回家？

　　「爸，你餓不餓？我煮麵條給你吃。」我試探著
問。

　　「不用了，爸爸心煩，你不要來吵我。」爸爸揮
揮手。

　　他越是這樣，我越是要找出原因。於是，我擋在
他和電視機中間，很慎重的說：

　　「爸爸，是你說的，有什麼煩惱一定要說出來，
不可以積壓在心裡，那樣會生病的。況且，我們是一
家人，一家人要彼此關心，不可以有祕密的。」

　　爸爸長長嘆了一口氣，終於說，「恩恩育幼院要
被賣掉了，院童們將要搬到別處去，這是我們生長的
地方，怎麼可以就這樣賣掉？我守護這麼久，還是守
不住，真不甘心。我今天聯合幾個院友去抗議，卻被

好幾個黑衣人擋住，還要我們不要破壞這件好事。」

「爸爸，我聽湖王子哥哥說過，院長他們擔心院童住在天母，禁不起物質的誘惑，會學壞，或是看著天母人吃香喝辣會變得自卑，所以才要搬到別的地方。」

「你不懂，幻幻，育幼院裡有太多我們的回憶，賣掉了，等於把我們的回憶也連根拔起。要說誘惑，哪裡沒有誘惑？哪裡不會學壞？幻幻，我們家雖然窮，可是，你也沒有變壞啊！還不是這塊地變得值錢了，所以才要賣掉他。唉！我們人微言輕啊！」

爸爸難過得什麼也沒吃，當然，連洗澡也一併賴掉，早早就上床睡覺了，希望他在夢裡可以回到小時候的育幼院，讓他不致太傷心。

第二天，爸爸很晚起床。快要中午的時候，他才伸了大大的一個懶腰，突然坐起來，跟我說，「幻

幻，等一下跟爸爸去理髮。」

「我不想剪頭髮，天氣變冷了，頭髮可以幫我擋住風寒，你沒有聽說啊？今年會是有史以來的大寒冬。」

「小孩子，意見不要這麼多，我帶你去豪華美容院剪頭髮，怎麼樣？」爸爸想用我嚮往的高級美容院影響我的決定。

「你的頭髮夠少了，為什麼還要剪頭髮？」我決定弄清楚爸爸的意圖。

「我最近運氣不太好，想改改運，剪頭髮去穢氣。要不然，爸爸幫你剪頭髮也可以。」

「啊？我不要啦！」這個提議嚇死我了。

我記得是去年的事情，爸爸眼見附近的美容院一直漲價，他為了省錢，買了剪髮專用的剪刀、電動剃刀、推子……親自幫我剪頭髮，還要我也如法炮製，

幫他理髮。

無論我怎麼反對，還是被他押上椅子，在頸間圍上挖了一個洞的報紙，結果，爸爸不但剃破我的頭皮，還把我的頭髮剪得參差不齊，嚇得我奪門而出。

幸好隔壁的毛媽媽幫我解圍，耐心修好我的頭髮。接下來，毛媽媽還幫我跟爸爸免費剪過幾次頭髮，只是，自從爸爸知道毛媽媽對他有意思之後，為了保持距離，就不敢再讓她為我們父女服務了。

我真的很好奇，爸爸會帶我去哪一家美容院，還是他最近喜歡上哪位美容師，所以特地去捧場？因為到豪華美容院一次的剪髮錢，足夠讓我吃一個月的晚餐呢！

結果爸爸竟然帶我到「天上理髮院」報到。爸爸說，「天上，就是指天母的最上等，夠高檔了吧？」

可是，它取名為「理髮院」，就代表是專為男生

服務，而且它是天母數一數二的古老理髮院，設備簡單，哪裡稱得上「豪華」二字？

原來在爸爸心目中，「天上理髮院」就是最豪華高級的，如同恩恩育幼院裡雖然沒有他的父母親，他卻把它當作自己的家，因為他對它們有濃厚的感情。

爸爸曾經說過，「學生時代，天上理髮院的阿光大哥經常為我們恩恩育幼院的院童義剪，而且他到現在收費還是十分低廉，就是希望多多照顧天母沒有錢的人。」

所以，有不少鄰居搬走以後，還特地搭車回來找阿光伯伯剪頭髮。

進門以前，爸爸特別叮嚀我，「你等一下進去不要說話，免得阿光大哥發現你是女生，不幫你剪頭髮。」

沒想到，我才坐上剪髮椅子，阿光伯伯就笑著

說，「雅各，這就是你的女兒啊！長得跟你挺像的，聽說上一次還救了一個想要自殺的小姐。怎麼，你理髮還要請保鑣啊？」

爸爸尷尬的抓抓頭，「是啊是啊，我來理髮，也請你順便幫我家幻幻剪剪頭髮。」

「你知道我的規矩的，我只幫男生剪頭，附近女生的美容院這麼多，我不搶人家生意。」阿光伯伯不為所動。

「可是，他們沒你剪得好，而且收費又比你貴，我老婆走了以後，我才剛買新屋，手頭真的很緊⋯⋯」爸爸實話實說。

阿光伯伯看看店裡沒有其他客人，於是說，「好吧！我就為你破例一次，可別說出去。」

趁著剪頭髮時，我四處張望，有一個很特別的玻璃櫃子，隔了好幾層，每一層都放著許多小玻璃瓶，

瓶子裡黑呼呼的，好像裝了各式蜜餞。

　　我好奇的問，「阿光伯伯，那些小瓶子裡是什麼？」

　　阿光伯伯神祕的笑笑說，「那是我的寶貝，存放了在我這裡剪頭髮的人的頭髮。」

　　「可是，你剪過頭髮的人好多好多，瓶子看起來沒有那麼多，你是特別挑選過的嗎？」

　　爸爸在一旁阻止我，「你又要當好奇寶寶了，不要吵阿光伯伯，讓他專心剪頭髮。」

　　「沒關係，沒關係，好奇的小孩將來長大有出息。幻幻，必須是三代以上都在我這裡剪頭髮的人，我才會保留他們的頭髮。」

　　「要做什麼呢？可以提煉長生不老的祕方嗎？」我的問題一直不斷在腦海裡湧出來。

　　可是，阿光伯伯不再回答我的問題，故弄玄虛

說，「我下回再告訴你。」

「你的意思是……我還可以來剪頭髮？」雖然這麼問，可是照過鏡子後，我卻不喜歡我的新髮型，剪得就像毛愛國那麼短，從我的背影看，一定會被人當作男生。

關於「頭髮寶瓶」的謎團始終沒有打開，讓我夜裡輾轉難眠。即使問過爸爸，他也是兩手一攤說，「我以前好像看過這堆小瓶子，可我從來沒問過，大概就是他的小嗜好吧，孤家寡人的，比我還孤單。」

為了進一步了解阿光伯伯的怪嗜好，我慫恿毛愛國到他店裡理髮，再藉機跟阿光伯伯聊天，或是悄悄跟他的店員打聽，慢慢拼湊出一點輪廓。

阿光伯伯在天母東路已經剪過四代的頭髮，很想破紀錄，剪五代的頭髮，可惜現在的人晚婚。所以，只要有年輕男生上門理髮，他就會問對方，「結婚

了嗎？生孩子了嗎？要多生幾個啊，現在人口這麼少。」

我的問題又來了，「阿光伯伯，你為什麼要破紀錄？金氏紀錄好像沒有這一項。」

「這是我的心願，我就是要幫第五代的人剪頭髮，才能完成我的使命，我才可以光榮退休。」

聽爸爸說，阿光伯伯的頭髮雖然很少，可是他的年紀並不大，才五十多歲，離一般的退休年齡六十五歲，還差了好遠。

我覺得事情透

著蹊蹺，跟毛愛國約好晚上躲在附近查看阿光伯伯的一舉一動。

　　附近的店家都已經打烊，只剩下路燈閃爍，躲了好一會兒，毛愛國開始不耐煩，說他要回家時，就見到阿光伯伯端著一個小茶几，放在店門口，接著把「頭髮寶瓶」拿到月光下，一字排開，仰首望天，好像跟誰說話。天上閃過一道光芒，似乎有人回應他。

　　「他會不會是外星人，偷偷到地球玩耍，忘了回家的路。於是受到處罰，為他的貪玩付出代價，就是要用五代的人的頭髮一段段接起來，才能回到天上。偏偏現在的地球人不愛生小孩，害他不能回家。」

　　我這樣猜測著，於是跟毛愛國相約，只要四人幫有空，就盡量找機會到「天上理髮店」幫阿光伯伯的忙，鼓勵大家生小孩。

　　沒想到突然傳來喜訊，住在「天上理髮院」對面

的沈伯伯，他有個兒子在國外念書，竟然決定帶著他剛生完孩子的妻子，回到天母定居。不只是沈伯伯高興得合不攏嘴，見人就說這事，阿光伯伯更高興，準備幫第五代的小貝比剪頭髮。

這天終於來臨，天氣雖然寒冷，但是阿光伯伯卻滿臉笑容，提早打烊，提著工具箱到沈伯伯家拜訪小貝比。當他離開沈伯伯家，我們四人幫就一路跟著他，準備歡送他回到自己的星球。

只見阿光伯伯打開玻璃櫃，把小貝比的「頭髮寶瓶」放進櫥櫃裡後，就見他不停擦著眼淚。

毛愛國緊張得不停碎碎念，「怎麼辦？怎麼辦？他要飛上天了，原來天上理髮院要倒過來念，是上天，他想要上天。」

我好難過、好捨不得他，只怕阿光伯伯眨眼消失不見，忍不住衝出去大叫，「阿光伯伯，再見了，希

望你可以早日跟爸媽重逢。」

阿光伯伯嚇得倒退三步，「你們幹什麼？你們什麼時候來的？我又沒有要死，為什麼要跟我爸媽重逢？」

搞了半天，我又闖禍了。

原來阿光伯伯當初當理髮學徒時，他爸爸強烈反對，認為他不可能有出息，他也不可能學會什麼好手藝，一定熬不過三年，就會打退堂鼓。

於是阿光伯伯立志要堅守這個行業，至少為五代服務，剪五代的頭髮，不收取太高的費用，只希望被他服務的人都喜歡他，都欣賞他的技術。

然後，他要把他蒐集多年的「頭髮寶瓶」帶回去給他爸爸看，「只是，」阿光伯伯黯然的說，「我爸爸已經在去年過世了，我只能向著天跟他說，爸爸，我做到了，我真的做到了。」

　　我們聽了又難過又高興，難過的是阿光伯伯的爸爸已經離開人世，看不到他的成就，高興的是阿光伯伯不會離開我們了。

　　希望我們的爸爸能夠活久一點，看到我們成為一個有出息的人。

屋頂上的新娘

　　搬家雖然很麻煩，只要不是搬得太遠，還可以認識新朋友，也算是好玩的事情。尤其是我現在居住的這一棟樓，因為年代久遠，房屋老舊，所以租金相對比較便宜。於是，形形色色各種大小人物，隱身在大樓的不同樓層之間。

　　我通常都是利用倒垃圾或是搭電梯的時候，跟鄰居建立關係。但是，畢竟我年紀還小，有些鄰居通常不用正眼看我，即使我很有禮貌的跟他們打招呼，他們卻把我當成蟑螂一般，嫌惡的瞄我一眼，就離得遠遠的。

　　只有小羊姊姊不一樣，她蓄著一頭飄逸長髮，就像仙女般。說話很溫柔，對我又和善，有一次看到我拎著一大包資源回收的垃圾，還熱心的幫我忙。

　　「你爸媽呢？怎麼讓小孩子丟這麼重的垃圾？」她為我抱不平。

　　「我媽媽離家出走了，我爸爸要開計程車，所以我必須自力更生。」

　　「下一次有需要我幫忙的地方，可以來按我的門鈴。」她親切的說，讓我好感動。

　　沒想到，再見面，卻是我幫她的忙。

　　周末的早晨，通常都是我補眠的時間，因為周五晚上爸爸的生意比較好，為了等門，我會邊看電視邊守候。等爸爸回到家，我還要跟他聊天，結果往往到很晚才上床睡覺。

　　可是，因為媽媽傳簡訊給我，她可能會到台北一

趕來看我，我興奮得根本睡不著，早早就到大樓門口等她，沒想到，媽媽又放我鴿子，說她身體不舒服，不到天母，直接回中部了。

我失望的正要搭電梯上樓，卻在電梯口遇見小羊姊姊，她推著掛滿衣服的長型落地移動衣架，還拎著兩大袋物品，不小心摔了一跤，把衣架撞倒了，衣服散落一地。

我連忙幫她撿拾衣服，順便掛回衣架上，這才知道她在天母廣場的跳蚤市場租攤位賣二手物品。我對新鮮事情最好奇了，反正我也沒心情睡回籠覺，乾脆陪她去天母廣場看熱鬧。

她在地上鋪好布，又把物品一樣樣放上去，有非洲土人盾牌、委內瑞拉花瓶、泰國大象……，我好奇的問她，「你怎麼會有這麼多奇奇怪怪的東西呢？」

小羊姊姊笑著說，「因為我喜歡旅行，這些都是

我到世界各地買回來的。」

「那你為什麼要賣掉它們？你不喜歡它們了嗎？」

這彷彿觸到小羊姊姊的痛處，她微皺眉頭，苦笑著說，「因為我需要生活費。」

「那你的爸媽呢？他們都不管你了嗎？」我習慣性的打破砂鍋問到底。

這時候的天母廣場，攤位不多，顧客也是零零星星的，小羊姊姊很簡單的把她的故事說給我聽。

「我的爸爸媽媽重男輕女，不喜歡我，即使我功課再好、打工賺錢都交給他們，他們還是不滿意。於是，我高中畢業就離開家，半工半讀照顧自己。」

「你好厲害喔！我真的很佩服你，我以後也要像你一樣，不讓爸爸擔心，自己照顧自己。」

「你千萬不要學我，說實話，我寧願有爸爸媽媽

的愛，也不要這樣一個人無依無靠，到處流浪。」她的話聽起來有些感傷。

　　小羊姊姊見多識廣，利用沒有顧客上門的空檔，告訴我每件物品的故事，有些顧客剛好路過，聽到她的故事，就會走過來觀賞，甚至買下它們。所以，跟附近攤位相較，她的生意算是很不錯的。

　　「你每個周末都來這裡嗎？」我看到別的攤位都有人幫忙，不像她這麼孤單，連吃飯上廁所的時間都沒有，風吹日曬，十分辛苦。於是，主動提議，「我有幾個好同學，別人叫我們四人幫，就是指我們四個人都喜歡幫助別人。以後我們可以成為你的後盾，除了考試，我們都會在周末幫你忙。」

　　小羊姊姊特別挪了一個角落，讓我們販售小時候的玩具或故事書，換取零用錢。於是，我們吆喝得更加起勁，毛愛國跟我說，「我很喜歡小羊姊姊，因為

她不像你那麼凶。」

　　真是太過分了，變心變得這麼快。不過，小羊姊姊真的很討人喜歡，我甚至發現跳蚤市場裡賣蠟燭的大哥哥，也對她很有意思。

　　可是，小羊姊姊對這些不感興趣，淡淡的說，「愛情，只是陽明山上吹下來的一陣風，風過了無痕。」

　　相處越久，我越覺得小羊姊姊很了不起，她讀完大學，就到外國餐廳工作學英文，並且找機會到國外旅行，回來撰寫旅遊報導，登在雜誌或報紙上，甚至還出版旅遊書，到處演講呢！

　　「我要讓爸媽知道，沒有他們，我也可以活出自己的樣式。所以，幻幻，不要因為媽媽離開你，你就一蹶不振，記住，你是為自己而活的。」

　　我有點懂，又好像不太懂，「你是說，不管別人

怎麼想，做自己想做的事嗎？」

「對啊！就像報紙上刊登的，擺地攤的人各式各樣，有些衣服可能是從舊衣回收箱裡偷來的，也有些人把中國製造的標籤剪掉，冒充是台灣或國外製造的，我就不會昧著良心用這種手段賺錢。」

難怪小羊姊姊獨來獨往，跟其他人保持距離，就是為了保護自己。

這天，天氣反常的熱，曬得小羊姊姊的臉頰紅通通的，我也好像有點中暑，毛愛國提議買冰吃，小羊姊姊卻說，「為了報答你們幫我的忙，我請你們喫冰淇淋，而且是我自己做的喔。」

於是，我們提早打烊，跟著小羊姊姊到她家拜訪。

這是我第一次到小羊姊姊的家，她家的大小跟我家差不多，可是她布置得很有情調，門簾、櫥櫃、藤

椅、壁畫、擺飾⋯⋯，都很特別，好像天母的小小博物館，難怪她有那麼多的奇珍異寶賣也賣不完。

　　她做的冰淇淋共有巧克力、藍莓、草莓三種口味，非常好吃，趙華亭吃著第二碗說，「小羊姊姊，你應該在天母開冰淇淋店，我還沒有吃過這麼好吃的冰淇淋。」

　　「我在天玉街開過店啊！不到半年就倒閉了，賠了不少錢。不過，我卻有另一項收穫，就是遇見小虎。」小羊姊姊抱著她收養的流浪貓——小虎，告訴我們，「小虎跟我一樣，不喜歡被束縛，所以牠在我家很自由，隨時可以來去。」

　　「那你不是羊入虎口啦？」詹怡如開她玩笑。

　　「不對不對，是虎落平陽被羊欺。」毛愛國突然變得聰明起來。

　　「我們和平共處，誰也不會欺負誰。」小羊姊姊

做了結論。

　　我好奇的東逛西逛，欣賞她的每一件蒐藏品，意外發現她半遮掩的房間裡，掛著一件白紗的新娘禮服，我探頭進去望了望，忍不住問她，「小羊姊姊，這是誰的禮服，是你的嗎？好漂亮喔！」

　　小羊姊姊慌張的跑過來，拉上房門，「我的房間很亂，不可以進去。」她支支吾吾的，並沒有回答我的問題。

　　我帶著疑問回到家，吃著爸爸昨晚帶回來的炒飯，咬著不鏽鋼湯匙，望著窗外發呆。我突然想起來，剛搬到這棟樓不久，就聽說好幾位房客很古怪，其中有一個女孩，神經兮兮的，經常在三更半夜穿著新娘禮服到屋頂跳舞，莫非就是小羊姊姊？

　　連續幾晚，我都在半夜12點偷偷到樓頂，想要證明真的有人在屋頂跳舞。爸爸發現我睡眠不足造成的

黑眼圈，了解原委後，警告我，「不要去管別人家的閒事，如果真的是小羊姊姊，她也不希望你拆穿她的祕密吧！」

「最後一次，爸爸，我今天晚上最後一次上樓。你不是常常告訴我，要大膽假設、小心求證嗎？」我央求爸爸，他總算點頭答應。

這天晚上，我悄悄上樓，月亮很圓、月光好亮，把整個樓頂灑成了銀色世界，好夢幻喔！我正要踏入花圃旁的鵝卵石小徑，卻隱約聽到歌聲輕輕柔柔飄過來，是誰呢？

我降低身軀，探出半個頭，只見一個長髮女孩穿著白紗禮服，在月光下轉著圈，那件禮服正是我在小羊姊姊臥室裡看到的，有著美麗的蕾絲邊，釘了許多珠子，閃閃發亮。

　　她順著小徑緩慢走著，一步又一步，如同我在教堂裡看到的新娘，隨著音樂踏上紅毯。然後，小羊姊姊開始啜泣，哭得好傷心，害得我的眼睛也酸酸的，她為什麼要在屋頂跳舞並且哭泣呢？她隱藏了另一段故事嗎？

　　我不好意思直接問小羊姊姊，只好跑去問大樓管理員伯伯，他說，「我也不是很清楚，聽說她交了一個外國男朋友，男朋友卻一去不回，她因為傷心過度，變得怪裡怪氣的。你不要去打攪她，她怪可憐的，這麼漂亮的一個女孩子。」

　　可是，我怎麼可能忍住好奇，不問明白到底怎麼回事呢？

　　因為小羊姊姊知道媽媽離開我了，所以她對我特別好，有時候烤了蛋糕，也會邀我過去品嘗。還幫我梳頭髮，送給我可愛的髮夾，關心我的月經來了，陪

我去買衛生棉，就像我的姊姊。

既然我們的感情愈來愈好，我如果問她關於新娘禮服的事情，她應該會告訴我吧！於是，當她邀我去她家幫忙整理跳蚤市場的販售物品時，我鼓起勇氣問她，「小羊姊姊，你為什麼要在屋頂上跳舞？」

她愣了一下，臉部沒有什麼表情，沒有掉眼淚、沒有生氣，繼續整理著東西。過了好幾分鐘，她深吸一口氣，抬起頭看著我，「大家都傳成那樣，我不如告訴你真相吧。」

原來，她的男朋友到台灣工作兩年，他們在天母的pub巧遇，彼此喜歡，交往一陣子後，互許終身，男朋友答應回紐西蘭徵求父母同意後，娶她做新娘。她開開心心的訂做禮服，等待他的到來。可是，他從此沒消沒息，彷彿人間蒸發一般。

「你的英文那麼棒，為什麼不去紐西蘭找他呢？

我看過許多電影都是這麼演的。」

小羊姊姊幽幽的說，「他如果愛我，就應該自己來追我，就像我到現在沒有回家，就是希望爸媽主動來找我。愛一個人，就要主動付出愛，否則就不是真愛。我永遠都是他的新娘，這一生，我也不會愛上別人，我會一直等下去。」

我被小羊姊姊的痴情所感動，回家轉述小羊姊姊的話，爸爸的想法卻不一樣，他說，「小羊姊姊不敢去紐西蘭，是因為她不願意面對事實，她害怕這一切只是一場騙局，她寧願活在自己編織的夢裡，做她的新娘夢。」

真的是這樣嗎？我不敢問小羊姊姊。於是，小羊姊姊繼續在屋頂跳舞，繼續在天母跳蚤市場賣她的珍藏。我比較擔心的是，有一天她的寶貝都賣完了，怎麼辦？

　　因為快要考試了，毛愛國他們都在家裡讀書，只有我陪著小羊姊姊擺地攤。大概是春天的緣故，天母的花草樹木又多，空氣裡飄散著各種花粉，小羊姊姊不停打噴嚏。

　　賣蠟燭的哥哥走過來關心的問她，「小羊，是不是不舒服？要不要去耳鼻喉科看一下？我可以載你去。」

　　沒想到卻引起賣皮包、鞋子的咖啡姊姊的不滿，「哎喲，打幾個噴嚏有什麼了不起，我拉肚子拉了好幾天，也沒有人關心一下。」

　　「你壯得像條牛，龍捲風都吹不走，幹麼跟人家小羊比，她身體本來就虛弱。」蠟燭哥哥回了她幾句。

　　咖啡姊姊的皮膚黑、長得又胖，大家都知道她暗戀蠟燭哥哥，沒想到蠟燭哥哥公然關懷小羊姊姊，還

拿咖啡姊姊的身材揶揄她，這下子可激怒了咖啡姊姊。

咖啡姊姊立刻還擊，「既然你這麼喜歡她，那就跟她結婚啊，她想結婚想到要發瘋，你就圓了她想當新娘的夢吧！她反正有現成的新娘禮服。」

這場跳蚤市場的颱風，莫名其妙掃到小羊姊姊，好像她心口的傷被一刀狠狠的刺下去，她搗著胸口，痛得幾乎要抓狂，承受不住的嚎啕大哭，幾乎哭暈過去。大家七手八腳的幫她收拾攤位，蠟燭哥哥扛著袋子、別人推著衣架，我則扶著她回家。

經過這場刺激，小羊姊姊病倒了，我們四人幫一起輪流照顧她，毛媽媽熬稀飯給她喝，天堂小館的柯伯伯也燉雞湯給她補身體，可是，她的胃口好小，幾乎沒有食欲，短短幾天，臉頰變得無比削瘦。

喜歡到處串門子的小虎也都乖乖的待在家裡，趴

在藤椅的椅墊上，默默的望著小羊姊姊，像在守護著
她。

　　我每天去探望她，都是邊走邊流眼淚的回家，我
好害怕小羊姊姊會死掉。甚至晚上做惡夢，夢到小羊
姊姊在水裡飄啊飄的，我拚命喊她，她卻跟我揮揮
手，然後，沒入了水裡。

　　早起，我為了這個惡夢哭得快要岔氣，不想上學
也不想吃飯，這下可把爸爸嚇壞了。

　　為了安慰小羊姊姊，爸爸特地開計程車載我們去
淡水。小羊姊姊最愛淡水的夕陽，她曾經告訴我，
「他要回紐西蘭的前一天，我們一起到淡水玩，一
起在河堤散步，然後，他把我的手拉過去，就像電影
的情節，他把戒指戴在我的無名指上，要我做他的新
娘。」

　　我跟爸爸坐在河邊餐廳的長廊上，樹葉在春風中

　　晃啊晃的，小羊姊姊獨自走在河堤上，長髮隨風飄起，纖細的身影成了淡水河岸最美的一幅畫。

　　這時，我突然看到她的身邊出現一位外國男生，牽著她的手，跟她頭靠著頭說話，我連忙叫爸爸看，「是誰在跟小羊姊姊說話？」

　　「有嗎？我沒有看到啊！是你眼睛花了吧！」爸爸拍拍我的頭。

　　我揉揉眼睛，外國男生不見了，只剩下小羊姊姊孤單的身影。

　　我仰頭望著藍藍的天，如果真有一位萬能的神，請祂同情痴情的小羊姊姊，讓他們可以見面。

　　我相信，他們一定可以見面。

遇見大明星

前幾天作文課，老師提出一個問題，「大家都是住在天母的，如果要用一個字形容天母，你們會用哪一個字？然後你們再用十句話寫出這個字代表的意思。」

大家絞盡腦汁，恨不得打破腦袋、挖空心思，可以想到別出心裁、與眾不同的字。

結果，出現一些奇怪的用字，包括：洋、怪、靈、變、彩、花、魔、譎……，愈想愈怪。

我不喜歡花太多腦筋，我喜歡憑直覺寫下自己的感覺，這才是最真實的吧！所以，我寫的是「幻」，

就是我的名字，這也是爸爸對天母的感覺吧！沒想到，老師最欣賞我的「幻」，認為表達得恰到好處。

　　天母的確是一個變幻多端的地方，春夏秋冬有不同面貌，居民、店鋪也都是繽紛多樣，住在天母，天天都可以發現驚奇。

　　尤其，天母的外國人多如過江之鯽，每一棟樓、每一條街，都會遇見外國人。爸爸說，「那是因為早期有很多外國人在這裡定居、工作，加上又有許多外國大使館或辦事處設在天母，所以，老外們就群聚在此了。」

　　也難怪小羊姊姊會搬來天母，就是希望有機會再度遇見她的外國男朋友吧！

　　還有，天母的明星多如天上的星星，任何一個轉彎，都會跟明星擦身而過，那是因為天母的空氣好、陽光足，居住的品質特佳。

　　不過，對我來說，外國人、明星已經司空見慣，沒什麼稀奇。

　　例如我家附近的水果店老闆是棒球國手、賣便當的老闆從棒球投手轉為民意代表、服裝店老闆是歌星、隔壁棟大樓的住戶是導演，吃肉羹會遇見連續劇演員，在菜市場跟歌仔戲明星買同一家的青菜，看電影竟然撞見A咖男星跟緋聞女友一起手牽手……

　　所以，明星住在天母覺得自在，因為地上的星光跟天上的星光互相輝映；外國人也不用擔心被指指點點，因為大家見怪不怪。我也很喜歡幫助外國人，順便練習我的英語。

　　不過，毛愛國就看不順眼我這一點，罵我是「崇洋媚外」，他要做百分百的愛國分子。我才不在乎他的看法，我的目標是做地球人。

　　晚上睡覺前，突然肚子餓得咕咕叫，出門去便利

商店看看有沒有破掉的茶葉蛋，通常比較便宜。當我正在挑選時，就看到一位比我高一倍的外國人，用一半中文一半英文的問櫃檯服務員，「我從美國來打籃球，我想認識天母，請問天母哪裡好吃好玩？」

我認出他來了，電視報導他是美國很受歡迎的青年籃球員，極有希望獲選為NBA球員，最近應邀到台灣舉行友誼賽，沒想到，他竟然出現在我眼前。

櫃檯服務員跟他說，「我們要上班，沒有辦法帶你去玩。」

我立刻自告奮勇要當他的嚮導，「不過，我只會一點點英文。」

他笑著跟我說，「我也只會一點點中文，我是丹尼爾，你叫什麼名字？」

「我叫作幻幻，magic的意思。」

我要帶丹尼爾去的第一個地方就是恩恩育幼院，

因為他們的土地已經賣掉，即將搬家，連教堂也要拆掉。我跟他一起到英文堂做禮拜、吃點心，一邊跟他說30多年歷史的恩恩育幼院的故事。

「我爸爸在這裡長大，這裡的每一棵大樹都有他攀爬過的痕跡，例如桑樹、樟樹、鳳凰木……他很捨不得這裡，所以他最近的心情不好，唉！我也覺得好像我的心被挖了一個大洞。」

丹尼爾安慰我說，「房子可以拆掉，可是，你的回憶別人卻搶不走。更何況，作為一個地球人，就要四海為家的想法，哪裡都可以是你的家鄉。」

哇！丹尼爾說的話很有學問，當我這樣轉述給爸爸聽的時候，爸爸也說，「這個老外不錯，除了會打球，腦袋也很有智慧。」

可是，我要上學，丹尼爾要練球、要比賽，所以我們只能利用黃昏以後的時間見面，我還幫他安排到

天母幾家平價的餐廳吃飯。

　　賣台菜的興蓬萊、長腳、天堂小吃店，他挑選的卻是到天堂小吃店吃海鮮，「我喜歡這種小小的店，比較溫馨。」

　　「柯伯伯、柯媽媽就是在天母認識、結婚、開店、買房子、生孩子的，他們的小孩比我還大了。」我熱心的介紹小吃店的主人。

　　柯伯伯特別烹調椒鹽魚片、醬油里肌、空心菜牛肉、絲瓜蛤蠣湯招待丹尼爾，丹尼爾很不好意思的說，「幻幻，你是小孩子，怎麼可以讓你請客？」

　　「不是我請客，是柯伯伯請客。他最好心了，我爸爸太忙的時候，他也常常請我吃炒飯、炒麵。」

　　「天母人都是這麼友善的嗎？」丹尼爾歪著頭，調皮的做個鬼臉，「我以後只要到台灣，一定要來天母。」

「對啊！天母是國際村，我們還有義大利麵、印度菜、泰國料理、法國料理、台灣的水餃和鍋貼……太多太多了。我們一個晚上吃一家都吃不完。」

「糟糕了！」丹尼爾摸摸自己的肚子，「我們賽球要控制體重，太胖了跑不動，也無法灌籃，我不能再吃了。」

「這樣好了，我買天母的伴手禮給你吃，看你喜歡哪一種？用真的鳳梨做的鳳梨酥、紅豆餡滿滿的車輪餅、沒有味精的蔥油餅、芝麻特多的新疆餅……我們可以到天福公園一邊吃、一邊聽老船長說故事，還有喝珍珠奶茶。」

「哇哇哇！再吃下去，那我會被教練禁足了。」丹尼爾笑得好大聲，我聽了更開心，我喜歡這樣毫不矯飾、真情流露的人。

為了不讓他變得太胖，我只好每種點心買一個，

他吃一小部分，我吃一大部分，丹尼爾看我吃得興高采烈，「幻幻，你這麼瘦，可以吃多一點。你這麼瘦，是不是因為媽媽不在身邊？」

我點點頭又搖搖頭。

「這是什麼意思？」丹尼爾問我。

「我的確很想念媽媽，因為她常常煮好吃的食物。可是，我如果這樣說，又對不起爸爸，他對我也很好。快點，老船長要開始說故事了。」我不想繼續這樣傷感的話題，誰希望自己的母親遠離身邊呢？

老船長的經歷很豐富，他去過新幾內亞的蠻荒地帶，也在海上跟海盜搏鬥，甚至從鯊魚嘴裡搶救他的船員，他的故事好幾卡車，說都說不完，所以，每周一到周五的晚上8點鐘，大家固定群聚印度橡膠樹下，跟著老船長一起飄洋過海。

老船長的英文也很棒，丹尼爾聽不懂的地方，他

就會翻譯成英文，讓丹尼爾很感動，「天母的人情味也很濃郁喔！我愈來愈喜歡天母了。」

分開的時候，丹尼爾跟我說，「明天是我的最後一場比賽，我送你兩張票，你可以跟爸爸一起來看我打球。」

「爸爸？他要開計程車，他才捨不得放棄做生意。我可不可以邀請我的好朋友一起去？」

「沒問題。」丹尼爾把門票遞給我，我打定主意邀請毛愛國，如果他拒絕了，我再換人，畢竟他是我心目中排名第一的好朋友。

毛愛國起初還擺架子，說：「老外喔！我不太喜歡外國人耶。」

沒想到他媽媽立刻衝出來說，「幻幻，愛國不去，我去，我年輕時候也是標準籃球迷喔！」

這下子換毛愛國緊張了，「拜託，媽，你那麼

老，當然應該我去，我要保護幻幻，萬一散場時人很多，幻幻被擠扁了怎麼辦？」

＊　　＊　　＊

　　球賽的確很精采，丹尼爾的技術更是沒話講，中場時，特別請他示範罰球線投籃、灌籃，身手真是出神入化，鎂光燈不斷閃亮，作為他的朋友，我真是與有榮焉。我這才知道，他是這麼紅的球員，記者訪問他都要特別安排，他卻願意讓我做他的嚮導。

　　他們球隊最後打敗我們的國家聯隊，我忍不住還是為他熱烈鼓掌，毛愛國一直碎碎念，「幻幻，你實在太不愛國了。」可是，當他看到丹尼爾在場邊跟我們打招呼，他又立刻跟旁邊的人說，「我們認識丹尼爾，他是我們的好朋友。」

　　喔！真是，轉得還真快，丹尼爾只不過跟他說過幾句話而已。不過，沒關係，只要是我的朋友，都可以做丹尼爾的朋友。

　　球賽結束時，很多記者圍過去想要採訪他，丹尼爾卻跟我擠擠眼睛，我跟毛愛國了解他的暗號，即刻靠過去，趁著一陣混亂，帶丹尼爾從後門溜走，然後，搭上守候多時的我爸爸的計程車。

　　我爸本來是要做生意的，聽說要來帶丹尼爾到天母做最後巡禮，義不容辭跟我們一起上演這齣「溜溜樂」。當然，丹尼爾也沒有虧待我爸，還是很大方的付了車錢。

　　天母的最後一夜，我們從東山路開車到文化大學的後門看夜景，我跟丹尼爾說，「雖然我家沒有很多錢，我爸說，這些閃亮的燈火就是屬於我的寶石，取之不盡、用之不竭。」

「你有一位很快樂的爸爸，難怪你也這麼樂觀。以後你到美國來玩，我一定會招待你，因為你是我丹尼爾永遠的朋友。」丹尼爾用拳頭搥搥自己的心臟，表示他的真心。

想到就要分離，我開始感傷起來，「丹尼爾，你要成為NBA最棒的球員，到時候，我會努力打工賺錢去為你加油。」

「沒問題，上帝爸爸會照顧我。」丹尼爾指指天空。「不過，幻幻，我本來明天一早要走的，現在改搭後天早晨的飛機離開台灣，因為，我還有一件心願沒有完成，那就是去淡水看夕陽、吃阿給。因為有點遠，不在天母，我不好意思說。」

「去淡水？你也喜歡淡水？」我覺得好奇怪，淡水的夕陽跟其他地方差不多，至於阿給，我不怎麼喜歡吃，我比較喜歡淡水鐵蛋。

　　但是，我想，好人做到底，可以再次請爸爸出馬開車，順便幫爸爸促成一樁生意。

　　爸爸一聽，有錢可以賺，立刻答應，還建議我，「幻幻，你要不要邀小羊姊姊一起去？她的英文比較好，她又了解淡水，順便讓她散散心。」

　　可是，小羊姊姊卻拒絕了，「我不喜歡跟陌生人說話。」

　　我覺得小羊姊姊是找藉口，「那你每次在天母跳蚤市場賣東西，不是都跟陌生人說話嗎？」

　　「我不喜歡跟別的男人去淡水。」小羊姊姊還是繼續搖頭。

　　「可是，丹尼爾是我的好朋友，你也是我的好朋友，那他就不是別的男生，他也是你的朋友，好不好啦？」向來不會撒嬌的我，只好用撒賴的方式。

　　小羊姊姊拍拍我的頭，「我真是拿你沒辦法，那

只去一下下，不要待得太久喔。」

＊　　＊　　＊

周日的淡水黃昏，遊客不像周末那麼多，爸爸的車子很快就抵達淡水，我們先去吃了淡水阿給，然後，丹尼爾挑了一家可以看到夕陽的河邊咖啡店，請大家喝飲料。

小羊姊姊一直都很沉默，為了打開僵局，爸爸問丹尼爾，「丹先生，台灣很多地方都很漂亮，你為什麼喜歡淡水？」

「喔！不是我喜歡淡水，是我聽我哥哥提起過，淡水的夕陽很漂亮，淡水的女孩更漂亮，所以我想來看看。」

我忍不住說，「小羊姊姊以前也住在淡水，你是

不是覺得她很漂亮？」

小羊姊姊見我把話題扯到她身上，有些不悅的制止我，「幻幻，不要說我的事。」

「其實，我這次來淡水，是想幫我哥哥找他的女朋友，但是，我對淡水不熟，而且已經過了這麼久，那個女孩說不定早就結婚了。」

哥哥的女朋友？為什麼我覺得這樣的情節有些熟悉，可是，丹尼爾住在美國，小羊姊姊的男朋友是紐西蘭人，是我太敏感了吧！

沒想到，爸爸也聯想到這一點，立刻問他，「你的家鄉是美國嗎？還是……」

「喔，我不是美國人，我是從紐西蘭到美國念書的。」丹尼爾說。

「你哥哥……」安靜的小羊姊姊突然驚聲尖叫，把我們都嚇了一跳，「你哥哥是不是叫作安德烈？」

　　丹尼爾竟然點點頭，事情太巧了吧！未料，小羊姊姊卻刷地站起身說，「太過分了，我不要跟你坐在一起。」轉頭走出咖啡店。

　　丹尼爾一頭霧水，連忙問我到底怎麼回事，我簡單的把小羊姊姊的故事告訴他，他臉色大變，急著說，「趕快找她回來，她誤會我哥哥了。」

　　小羊姊姊被爸爸追回來了，我們一起坐著聽丹尼爾說故事。太神奇了，這簡直就是電影情節！原來，安德烈回到紐西蘭之後，發生車禍，躺在醫院裡一直昏迷不醒，所以沒有辦法回到台灣。

　　「安德烈曾經跟我寫E-mail提到你，還說你是他今生的新娘，當時我還不相信，因為他從不曾固定在一個女孩身邊。可是，當他出車禍後，我趕回紐西蘭，才知道他昏迷前不斷叫著你的名字——Yummy。我試圖寫E-mail聯絡你，卻沒有回音，加上我在美國

念書打球，始終抽不出時間。直到這一次有機會到台灣比賽，我自願參加，就是想要幫哥哥完成心願。」

小羊姊姊嘆了口氣說，「因為我一直沒有安德烈的消息，我想要跟過去割捨，搬了家，換了信箱，所以你才會找不到我。是我誤會了安德烈。」

小羊姊姊跟丹尼爾索取他們在基督城的地址、電話，決定親自去一趟紐西蘭，丹尼爾提醒她，「安德烈已經不是你以前認識的安德烈，他已經昏迷好幾個月了。」

小羊姊姊卻說，「即使他昏迷不醒，我也要守在他身邊，這是我答應他的。或許，上帝同情我，祂會把我的安德烈還給我。」

當我望著丹尼爾手機裡的安德烈照片，我的心砰砰跳著，我不敢告訴大家的是，上次跟小羊姊姊到淡水，我看到她身邊出現的外國男生就是安德烈。我相

信，因為愛情的緣故，小羊姊姊一定可以喚醒昏睡已久的安德烈。

＊　　　＊　　　＊

我們四人幫搭乘爸爸的計程車送小羊姊姊去機場，一路上，她的臉龐都洋溢著燦爛的笑容。她不斷提醒我，別忘了餵「小虎」，她的那隻流浪貓。

我是不會忘記餵小虎的，就怕小羊姊姊決定留在基督城，我家收養的動物，除了孔雀魚，又要多一種了。

只聽到毛愛國又在吹牛了，「你們看著好了，我很快就會去找丹尼爾，我也要到美國打NBA。」

他當初嘲笑我是崇洋媚外，萬萬沒想到，我愛跟老外說話，竟然無意間幫小羊姊姊這麼一個大忙。

　　天母就是這麼一個充滿奇蹟的地方。套句丹尼爾的話則是，「幻幻，是你的名字magic取得好，這真是一趟奇幻之旅。」

是留鳥還是候鳥？

　　我發現最近的我，突然變得很奇怪，莫名其妙想要掉眼淚，不管是觀賞電視劇有人過世、看到有人上公車揮手說再見，或是見到一朵花墜落在我眼前，我就覺得好傷心。

　　毛愛國嘲笑我是故障的水龍頭，「怎麼樣？我的聯想力不錯吧！」我卻一點不覺得好笑。

　　詹怡如畢竟跟我一樣是女生，感覺很類似，她也說她最近的淚腺特別發達，結果趙華亭建議她搬到高雄，這樣到了夏天，高雄就不會缺水了。

　　我終於明白，為什麼有人說女生的好朋友是女

生，因為我們彼此了解。男生的神經實在不發達，這
是否表示，他們對即將畢業的事情，沒有任何感覺，
所以無動於衷？

不過，要來的總是逃不掉，乾脆學習快樂面對，
畢業雖然會跟好朋友分開，但是，又可以認識新朋
友。

於是，我也加入大家的討論，到底要升哪一所國
中，或是念私立學校？甚至乾脆逃離台灣的補習環
境？

拜託，我家沒有錢，能夠繼續念書就要感恩了。
況且，國中也不錯，離家又近。只是，千萬不要遇到
同一批同學，那就不好玩了。

毛愛國突然說出驚人之語，「幻幻，你不是會到
南投去念書嗎？你媽媽不是要來接你嗎？」

「你不要亂講，我要留在天母。哼！你想趕我走

是不是？」毛愛國難道從他媽媽那裡得到什麼情報？

「是啊！你那麼凶，應該換一個地方發揮威力，這樣地震就不敢在南投作亂了。」

我是不是會鎮住地震，我不知道，但是，媽媽要來接我，我卻覺得不太可能，她每次說要來看我，每次都爽約，這表示她根本不想念我。

況且，「媽媽」這兩個字，已經不是我跌倒或難過時脫口而出的稱呼。這還是前不久毛愛國突然發現的。那天，我走在忠誠路的電影院門口，人潮洶湧，推擠著要跟電影裡的男女主角合照，有人踩到我的腳，痛得我大叫，「我的爸呀！快要痛死我了。」

我跟爸爸的親密關係，已經漸漸取代跟媽媽的親密關係。

爸爸也說，「媽媽早就忘了我們的存在，她假裝自己沒有結婚，這樣就可以跟別人談戀愛。」爸爸的

口氣酸酸的，因為他還愛著媽媽。

跟毛愛國、詹怡如他們分手後，我往家裡的方向走，不想搭電梯，我一階階走上樓梯，心情像我的腳步一般沉重。

意外發現我家門口有一雙米白色的高跟鞋，是爸爸交了女朋友？不太可能，他有什麼事會瞞著我呢？

我悄悄用鑰匙打開門，只露出一條門縫，希望不會撞見什麼不該看到的鏡頭。

竟然是——媽媽來了！

我的眼睛裡毫無預警的湧出淚水，原來，我嘴裡說已經忘掉媽媽，其實，心底深處還在想念她。一個想念許久的人，突然出現，真的有些驚嚇，更驚嚇的是，他們正談到離婚的事情，只是卡在我的問題，不知道如何處理？

媽媽見到我，立刻停止離婚話題，跟我說，「幻

幻，你長高了，來，給媽媽抱抱。」

好奇怪喔！雖然這是小時候常做的動作，可是，我卻渾身僵硬，好像被點了穴，站著沒有動。

爸爸連忙打圓場，「幻幻長大了，誰也不給抱了。」接著又說，「時間不早了，幻幻，你跟媽媽一起去吃飯，天母又新開了許多餐廳，你可以當媽媽的嚮導。」

「爸，你也一起去吃飯。」我有些害怕，覺得跟媽媽一起很尷尬，好像要跟陌生人吃飯。

爸爸卻跟我擠擠眼睛，「我們常常一起吃飯，你難得跟媽媽在一起，去吧，我還要去開車，多賺一點錢。」

走下樓，站在巷口，媽媽問我想吃什麼，「媽媽今天有一千元的預算，你盡量開口。」

我毫不考慮的說，「我想吃排骨飯加蝦卷……」

「還要加滷蛋和綜合湯。」媽媽接上這句話，過去的熟悉感似乎又回來了，因為我每次生日，她都會答應我選一家小吃店盡情點菜吃到飽。

咬著香噴噴的豬排，我不免想起媽媽的紅燒排骨，她總是會加一些乾魷魚，吸掉少許油分，用肉汁拌飯或拌麵，簡直就是人間仙品。可是，我卻不想跟她分享這一份心情。

我抬頭看看媽媽，她點的蝦卷飯只吃了幾小口，看樣子，媽媽好像有話跟我說，果然，我剛剛把排骨肉吞下，媽媽就說，「爸爸常做飯嗎？還是你們都吃外面？」

我深怕媽媽誤會爸爸都不照顧我，立刻說，「爸爸會做好多菜，我都變胖了。」

「喔！那就好，你可不可以勸勸爸爸，跟媽媽到日月潭開餐廳？他這樣開計程車多辛苦，你爸手藝

好，日月潭陸客多，生意絕對沒有問題。」

「可是，天母外國人多，為什麼不在天母開店呢？」我問媽媽。

「恩恩育幼院都搬了，地也賣了，房子也拆了，變成了公園，不久就會蓋豪宅，你爸留在這裡做什麼？看了更傷心難過，應該遠走高飛，眼不見心不煩，換個地方重新開始。」

「萬一爸爸不肯去呢？」我覺得要爸爸離開天母，簡直就是天方夜譚。「我好像聽到你說要跟爸爸離婚？」

「那是氣話，我氣他什麼都不肯聽我的。」媽媽猶豫了一下，又說，「如果爸爸不肯去，你就跟媽媽一起去，你一個女孩子，不適合跟爸爸這樣的大老粗住在一起，他連自己都顧不好，一個家搞得亂七八糟的。」

　　啊？要我拋棄爸爸，那是絕對不可能的事情，我拚命搖頭，眼淚差點流下來，推開我最愛吃的排骨，剩下一條蝦卷，以及一口都還沒有喝的綜合湯，我衝出排骨店，跑到天福公園，坐在橡膠樹下的木椅上。

　　媽媽卻是鍥而不捨的追過來，「幻幻，你冷靜想一下，你現在還小，也許感覺不到。可是，你要買衛生棉、要買內衣、要談戀愛，爸爸怎麼懂這些，他怎麼陪你一起去買？」

　　我還是搖頭，「爸爸他很愛我，他對我很好。」其實我在說謊，我常常自己煮麵、下水餃。不過，我也因此學會照顧自己，還是有好處的。況且，如果我走了，爸爸會更可憐，更自暴自棄，每天不洗澡，家裡變成豬窩。

　　「媽媽對不起你，給媽媽機會補償你，好不好？」媽媽握住我的手，像我小時候受到委屈一樣，

安慰我，把我抱到懷裡。爸爸就不會這樣，他只會說，「你回房間禱告好了，耶穌會安慰你。」

我的腦筋轉個不停，媽媽拍拍我的背，輕聲說，「我去台北看個朋友，過兩天再來，你考慮考慮，媽媽不想勉強你，可是，媽媽又實在很希望你跟我一起走。」

我啜泣著，沒有抬起頭，媽媽的腳步聲漸漸遠離，老船長在我身邊出現，問我，「怎麼回事？幻幻，有誰欺負你了？」

「我媽媽要我跟她走。」我用手背擦掉臉上的眼淚，簡單說明。

「喔！我雖然不清楚你爸爸媽媽出了什麼問題，不過，小孩跟媽媽一起，好像比較適合。」

真的是這樣嗎？

＊　　＊　　＊

　　我上網查了一下日月潭，那真的是一個風景美麗的地方，住在那裡，應該會如魚得水吧？說不定，那裡會出現潭王子呢！

　　爸爸進門的時候看起來有些累，而且帶著酒味，他已經很久沒有喝酒了。我問爸爸，「你願意去日月潭嗎？」

　　爸爸嘆了一口氣，沒有看我一眼，嗚咽著嗓子說，「你走吧！」然後，就回房睡覺去了。

　　第二天一早，爸爸跟一群育幼院的老朋友，包括蓋房子的盧叔叔、賣新疆餅的高叔叔、當牙醫的廖叔叔、賣粥品的田叔叔……在育幼院的空地上繞圈子，不停唱著詩歌，圍觀的人愈來愈多，甚至還吸引了電視台來採訪。

我在一旁看著、望著，鼻頭酸酸的，有些東西即使我們不捨，卻好像是守不住的，只能眼睜睜望著它離開，是那麼的無奈。如同我小學畢業，如同育幼院的搬遷，如同鳳凰樹的花開花落⋯⋯

　　然後，我聽到爸爸對著記者的攝影機說，「我哪兒都不去，我要守住天母的這一段回憶，我要把恩恩育幼院的故事告訴大家。」他好像是對著電視觀眾說，其實，是對著媽媽和我說的。

　　我跟著爸爸回家，關上門，我大聲問爸爸，「爸爸，你不要騙我，你真的希望我走嗎？你不希望我留下來嗎？」

　　爸爸還是說，「你走吧！我可以照顧自己，或是，娶一個阿姨，一起到老。」

　　「你騙人，你不是很愛媽媽嗎？」

　　「都過去了，都過去了，你走吧！爸爸已經幫你

買了一個新皮箱，還有一件有帽子的新外套，日月潭的風比較大，冬天也比較冷，到時候你就可以穿上它了。」

沒想到，竟然被毛愛國說中了，我終於還是要離開天母，要離開我生長的地方。

我以為毛愛國一定很高興今後可以脫離我的魔掌，沒想到，當我到他家跟他說這件事的時候，他竟然躲在房間裡不肯出來，毛媽媽跟我說，「愛國聽說你要走，已經哭了一整天，連飯都沒有吃。」

我走進毛愛國的房間，叫喚他，「喂！你不是希望我走得愈遠愈好嗎？省得我一直煩你。」

「我是騙你的啦！難道你都聽不出來，我是想用

激將法，故意刺激你，希望你留下來。哇！我不管啦！幻幻，你不可以走啦，只有你是我真正的好朋友。」

我把面紙遞給毛愛國，「你難道忘記老師在我們畢業典禮時說的話，要有移動的故鄉的觀念，外省人到台灣、爸媽到天母、我到日月潭，都是可以移動的故鄉，這不表示，我就不要這個故鄉了。而且，你們以後旅行，就多一個地方可以住啦！」

儘管詹怡如、趙華亭也被毛愛國找了來，希望集合眾人力量留下我，可是，沒有用的，我已經答應媽媽，要到日月潭跟她拚天下，我不能食言啊！

我站在天堂小吃店的騎樓下，望著頭頂上方的牆角，許多的燕子在天母的廊下築巢、生蛋、孵蛋、小鳥孵化、小鳥長大飛出窩裡，再築別的巢，生兒育女，一代代留下來，成為一種奇觀。附近的店家也

就接納牠們，讓牠們自由自在住在廊下，沒有趕走牠們。於是，有些本來是候鳥的燕子，卻成為留鳥。

天堂小吃店的柯媽媽走出店門跟我說，「幻幻，歡迎你以後常回來啊！」

「謝謝柯媽媽照顧我。」說著，我快要哭出來。媽媽不在身邊的日子，毛媽媽帶我去買衛生棉、柯媽媽陪我挑選內衣、小羊姊姊教我關於男生女生的驚爆點，這些事，媽媽知道嗎？

我問柯媽媽，「燕子為什麼不再回到牠原來的家鄉？」

柯媽媽意味深長的說，「因為，燕子把這裡當作牠們的家。」

嬰兒時期就被拋棄在恩恩育幼院門前的爸爸，是不是也變成留鳥，所以不想離開？

＊　　＊　　＊

　　我獨自躺在天福公園的滑梯上，望著滿天的星星，好像在一塊深藍色的絨布上面，鑲綴的鑽石。

　　記得爸爸曾經說過，我們只要簡單過日子，也可以很快樂，我念國中，不需要補習，再用功一點考上公立高中、公立大學，當我結婚的時候，他一定會幫我準備像公主穿的漂亮禮服，那就是深藍色的天鵝絨，縫上一顆顆的水鑽，我就是全世界最美麗的新娘。

　　爸爸雖然沒有錢，可是，他用他自己的方法來愛我。

　　經過育幼院空地改建成的公園，我看到角落裡被移植的鳳凰樹，雖然換了位置，修剪了枝椏，還是開滿鮮豔的花朵。突然，我看到一個藍白色的影子，在

樹間晃過。

　　我揉揉眼睛，難道是藍天白雲嗎？我養過的那隻鸚鵡？經過兩年的顛沛流離，牠還是選擇回到天母？

　　我呼喚著牠的名字，「藍天白雲、藍天白雲！」

　　藍白鸚鵡咕咕咕的叫著，好像在回應我，那麼，我要怎麼回應爸爸給我的愛呢？

　　我明天就要離去，爸爸卻像過往一樣，袒露著肥胖的肚子，躺在床上打呼，好像根本不在乎我走不走。

　　但是，我知道爸爸愛我，他可以失去所有，卻不能沒有我，我跟他是生命共同體。

　　我打開早已經收拾好的箱子，把衣服、外套、書本一件件拿出來，我決定留下來，做一隻天母東路的留鳥，陪著燕子、陪著爸爸、陪著所有喜愛天母的人，一起編寫天母的記憶與美麗。

也許，媽媽有一天覺得累了，會回到這裡。

　　湖王子闖出一番事業、小羊姊姊等到她的安德烈醒過來……，他們都會回來。如果我走了，他們要去那兒找我？

　　我也期待毛愛國長大變成帥哥，說不定我會讓他做我的男朋友……

　　許多好事即將發生、繼續發生，只因為我是天母東路的奇幻少女，帶來許多奇蹟的幻幻。

國家圖書館出版品預行編目資料

天母東路的奇幻少女 ／ 溫小平作；恩佐繪圖. --
初版. -- 台北市：幼獅，2012.02
　　面；　　公分. --（多寶槅. 文藝抽屜 ； 183）
　　ISBN 978-957-574-861-6（平裝）

859.6　　　　　　　　　　　　　100028286

・多寶槅183・文藝抽屜

天母東路的奇幻少女

作　　　者＝溫小平
繪　　　圖＝恩佐
出 版 者＝幼獅文化事業股份有限公司
發 行 人＝李鍾桂
總 經 理＝廖翰聲
總 編 輯＝劉淑華
主　　　編＝林泊瑜
編　　　輯＝周雅娣
美術編輯＝陳怡如
總 公 司＝10045台北市重慶南路1段66-1號3樓
電　　　話＝(02)2311-2832
傳　　　真＝(02)2311-5368
郵政劃撥＝00033368

門市
・松江展示中心：10422台北市松江路219號
　電話：(02)2502-5858轉734　傳真：(02)2503-6601
・苗栗育達店：36143苗栗縣造橋鄉談文村學府路168號（育達商業科技大學內）
　電話：(037)652-191　傳真：(037)652-251

印　　　刷＝欣佑彩色製版印刷股份有限公司
定　　　價＝260元
港　　　幣＝87元
初　　　版＝2012.02
書　　　號＝987199

幼獅樂讀網
http://www.youth.com.tw
e-mail:customer@youth.com.tw

行政院新聞局核准登記證局版台業字第0143號

基本資料

姓名：..先生／小姐

婚姻狀況：□已婚 □未婚　職業：□學生 □公教 □上班族 □家管 □其他

出生：民國................年................月................日

電話：（公）................（宅）................（手機）................

e-mail：..

聯絡地址：..

1.您所購買的書名：　**天母東路的奇幻少女**

2.您通常以何種方式購書?：□1.書店買書 □2.網路購書 □3.傳真訂購 □4.郵局劃撥
　　　　（可複選）　□5.幼獅門市 □6.團體訂購 □7.其他

3.您是否曾買過幼獅其他出版品：□是，□1.圖書 □2.幼獅文藝 □3.幼獅少年
　　　　　　　　　　　　　　　□否

4.您從何處得知本書訊息：□1.師長介紹 □2.朋友介紹 □3.幼獅少年雜誌
　　　　（可複選）　□4.幼獅文藝雜誌 □5.報章雜誌書評介紹................報
　　　　　　　　　　□6.DM傳單、海報 □7.書店 □8.廣播(　　　　　)
　　　　　　　　　　□9.電子報、edm □10.其他................

5.您喜歡本書的原因：□1.作者 □2.書名 □3.內容 □4.封面設計 □5.其他

6.您不喜歡本書的原因：□1.作者 □2.書名 □3.內容 □4.封面設計 □5.其他

7.您希望得知的出版訊息：□1.青少年讀物 □2.兒童讀物 □3.親子叢書
　　　　　　　　　　　　□4.教師充電系列 □5.其他

8.您覺得本書的價格：□1.偏高 □2.合理 □3.偏低

9.讀完本書後您覺得：□1.很有收穫 □2.有收穫 □3.收穫不多 □4.沒收穫

10.敬請推薦親友，共同加入我們的閱讀計畫，我們將適時寄送相關書訊，以豐富書香與心靈的空間：
　(1)姓名................e-mail................電話................
　(2)姓名................e-mail................電話................
　(3)姓名................e-mail................電話................

11.您對本書或本公司的建議：

10045　台北市重慶南路一段66-1號3樓

幼獅文化事業公司 收

客服專線：02-23112832 分機208　傳真：02-23115368

e-mail：customer@youth.com.tw

幼獅樂讀網http：//www.youth.com.tw